無敵浪人 徳川京四郎

五

天下御免の妖刀殺法

早見 俊

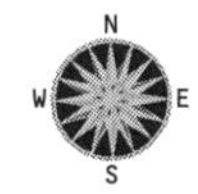

コスミック・時代文庫

この作品はコスミック文庫のために書下ろされました。

目次

第一話　金は天下の廻りもの……5
第二話　斬り捨て放蕩息子……69
第三話　妄想から出た殺し……170
第四話　詐欺から出た埋蔵金……246

第一話　金は天下の廻りもの

一

上野池之端に夢殿屋という読売屋がある。

主は松子という二十四の年増だ。日々、読売のネタ探しに血道をあげ、女だてらにという世間の目を跳ね返そうと奮闘していた。

享保十三年（一七二八）文月一日、暦のうえでは秋なのだが、残暑厳しい昼さがり。いや、残暑などという言葉が生ぬるいと思えるほどに暑い。

盛夏の水無月と変わりがないのだ。

しかも、今年にかぎったことではなく、毎年、文月を迎えるたびに酷暑を引きずっている。

「まったく、時節を変えたほうがいいわよ」

松子は帳場机の前で団扇を使いながら、ぼやいた。往来は強い日差しが容赦なく照りつけ、陽炎が立っている。蟬時雨が暑さを助長し、

「暑いですな」

「なんとかならないかね」

などという声が耳に入ってくる。

小あがりになった二十畳ばかりの店内には、読売のほか、草双紙や錦絵が並べられていた。また、吉原の案内書である、「吉原細見」もこれ見よがしに、最新版と書いた紙を掲げて売りだされていた。

夢殿屋の屋号は、聖徳太子が寝泊まりをした法隆寺の夢殿にちなんで、松子が名付けた。一度に十人以上の訴えを聞いた聖徳太子にあやかり、つねに十件以上のネタが集まるよう、松子は願っているのだった。

そのため、ネタの提供者は大事にし、相応の礼金を払っている。

そんな松子の頑張りに応えるように、行商人の銀次郎が姿を見せた。縞柄の着物を着こみ、大きな風呂敷包みを背負って、滴る汗を手拭いでぬぐいながら挨拶をした。

銀次郎という男は耳聡く、夢殿屋におもしろいネタを持ちこんでくれる。しか

もありがたいことに、礼金目あてではなく、行商先で見聞(けんぶん)してきたさまざまな出来事を、ただただ松子に聞かせたいという善意あふれる男なのである。

きっと、おもしろいネタを持ってきてくれたのだろうと期待を抱きながら、冷たい麦湯(むぎゆ)を用意した。

果たして、

銀次郎は風呂敷包みをおろし、帳場机をはさんで松子と向かいあった。

「いま、ちょいと話題になっているんですがね」

と、銀次郎は話を切りだした。

「なにかしら」

思わず、松子の顔に笑みがこぼれる。

瓜実(うりざね)顔の美人、髪は洗ったときのごとくさげたままの、いわゆる洗い髪。

白色地に桔梗(ききょう)を描いた小袖(こそで)が、よく似合っている。

いわゆる小股(こまた)の切れあがったいい女なのだが、あいにくと裾(すそ)からちらりとのぞく膝(ひざ)や太股(ふともも)を拝むことはできない。

松子は、草色の袴(はかま)を穿(は)いているのだ。

といって、なにも裾割れを気にしているからではない。このほうが動きやすいからである。

　読売屋は走りまわるのが仕事、というのは松子の信条。それを実践するように、草履（ぞうり）ではなく男物の雪駄（せった）を履いている。

　もっとも、鼻緒（はなお）は紅色と、女らしさも兼ねそなえていた。

「金札（きんふだ）ですよ」

　銀次郎は言った。

「金札って……なに、それ」

　ぽかんとして松子が問い直すと、

「金と交換できるお札なんですよ。今日、買ってきました」

　銀次郎は懐中から、一枚の紙を取りだした。紙は黄金色に彩（いろど）られ、金一分と交換する、と記してある。裏を返すと、享保十四年卯月晦日（うづきみそか）、とあった。

　つまり、来年の卯月晦日に、一分と交換するということだ。

　これがどうしたのだ、と松子は首を傾（かし）げた。

「三朱を払えば、この金札が買えるんですよ」

　銀次郎に教えられ、あらためて松子はしげしげと金札を見た。

「一分は四朱だから、三朱が一分になるってことね。一朱分が金利……今日は文月の一日だから、卯月晦日ということは、十か月くらいで一朱の儲けね。悪くはないわ」

松子は何度もうなずいた。

銀次郎によると、購入月によって交換年月日は異なるそうだ。来月購入分の金札は、来年の皐月晦日が交換日である。

「わたしは一分札しか買っていませんが、一両札を買う者もいるのですよ」

銀次郎は言い添えた。

「一両札は三分ということ……つまり一分の金利が付くのね」

「しかも、一両札を百枚も買う人がいるんですからね。まったく、景気がいいこって」

銀次郎は肩をすくめた。

一両札百枚に要するのは、三百分だ。三百分は七十五両である。ということは、差額の二十五両が金利ということだ。

「お金持ちには、格好の儲け話ということね」

松子の評に、

「そうなんですよ」

銀次郎は賛同したが、言葉尻が濁り、いかにも不安そうだ。

銀次郎の心中は、松子にも察せられた。

「でも、これ、いったい誰が売りだしているの」

目を凝らし、金札を見つめる。

発行元なのか「秩父講」という名が記してある。

銀次郎が説明を加えた。

「武蔵の奥地、秩父で金山が見つかったそうで、その採掘にあたっている講なんですよ。なんでも、石堂奇嶽という山師が、指揮をとっているのだとか」

「へ〜え、秩父にね」

そう言われても半信半疑だ。

秩父は山深く、身近とは言えないが、金山で有名な佐渡や、古の金の産出地として知られる陸奥よりは、はるかに江戸に近い。そんな近場であらたに金が発見されたとは、にわかに信じがたい。

銀次郎は話を続けた。

石堂は幕府の勘定奉行から許可をもらい、鉱山開発を任されたそうだ。

それらは請山と呼ばれ、山師は請山内の金や銀の採掘ばかりか、運営までも任される。そのうえ治安を保ち、揉め事の解決も担った。このため、罪人が逃げこんでくるのも珍しくない。

なにせ追手の連中も、山師の許しなくては、請山に踏みこむことすらできないのだ。いわば、一種の治外法権であった。

「石堂は秩父講を立ちあげ、金山採掘の費用を広く集めているんですよ」

「勘定奉行の許可がおりた請山ということは、秩父講の金札は、公儀のお墨付きってわけね。じゃあ、金札を買う者は大勢いるんでしょうね」

あたしも買おうかしら、と松子は本音を漏らした。

「神田三河町にある秩父講の会所には、老いも若きも男も女も、たくさん詰めかけていますよ」

それはそうだろう。一分札で一朱、一両札なら一分が、労せずして儲かるのだ。

だが、美味い話には裏があるのは、いつの時代も変わらない。

「待ってよ……金を掘りあてられなかったらどうなるの。紙屑ってこと」

「そうなんですがね……でもまあ、わたしは、富くじのつもりで買いましたよ。いわば、夢を買ったようなもんです。夢ってのは、見ている間は楽しめるというわけで……さて、夢から覚めたら三朱が一分に化けるのか、それとも金は掘りあてられず、おじゃんになるのか。悪夢か吉夢か。ま、悪夢になったとしても、三朱の損です。しがない行商人のわたしでも、暮らしに困るほどじゃありませんからね」

楽しみです、と銀次郎は両手をこすりあわせた。

そうね、と松子も同意し、

「ところで、石堂奇嶽という山師は、いったい何者なのかしら」

いかにも読売屋らしい興味が湧いてくる。

「博学の学者だそうですよ。なんでも、採掘や冶金に関する知識はもちろんのこと、本草学や医術にも通じているのだとか」

真偽のほどはわかりませんがね、と銀次郎は申しわけなさそうに言い添えた。

「それでも、勘定奉行から許可をもらったってことは、まんざら法螺や詐欺ではないんでしょうけどね」

松子の推測を受け、銀次郎は淡々と答える。

「たしかに、公儀が詐欺に加担するとは思えませんけどね……でも、地獄の沙汰も金次第ってえ世の中ですから、公儀のお偉いさまが金に目が眩んだって、なにも不思議じゃありませんがね」

「あたしも買ってみようかしら」

ふたたび松子は言った。

欲に駆られたわけではない。もちろん、儲かるに越したことはないが、読売の格好のネタになりそうだ。

「じゃ、わたしはこれで」

銀次郎は、脇に置いた風呂敷包みに手を伸ばした。

「ちょいと、銀次郎さん、少ないけど」

机上の銭函（ぜにばこ）から一朱金を取りだし、紙にくるめて銀次郎に手渡した。

「こりゃ、すみませんね」

遠慮がちに受け取った銀次郎が、店を出ていってから、

「さあて、さっそく京四郎（きょうしろう）さまに話そうかしら……」

松子はつぶやいた。

二

さて、松子が口にした京四郎さまこと徳川（とくがわ）京四郎は、根津権現（ねづごんげん）門前にある屋敷

で、西瓜(すいか)を食べていた。母屋(おもや)の濡(ぬ)れ縁(えん)にどっかとあぐらをかき、真っ赤な果肉を貪(むさぼ)り種を吐き散らす、という武士とは思えないざっかけなさだ。

徳川という姓が示すようにこの男、徳川家所縁(ゆかり)の血筋で、紀州(きしゅう)藩主だった現将軍吉宗(よしむね)の父、光貞(みつさだ)が産ませた子である。そしていまは亡き京四郎の母、貴恵(きえ)を、吉宗は実姉のように慕(した)っていた。

そんな貴種にもかかわらず、京四郎は大名でも旗本でもない。もちろん、幕府の役職とも無縁の浪人であった。

ところが身形(みなり)、容貌は、とうてい浪人には見えない。

背縫いを境に左右の身頃(みごろ)、袖の色や文様(もんよう)が異なる片身替(かたみが)わりの小袖を着流している。左半身には白地に真っ赤な牡丹(ぼたん)が、右半身には浅葱(あさぎ)色地に龍が金糸(きんし)で縫い取られ、紫(むらさき)の帯を締めていた。

髪型はというと、月代(さかやき)を剃(そ)らずに髷(まげ)を結う、いわゆる儒者髷(じゅしゃまげ)。鬢付(びんづ)け油と小袖に忍ばせた香袋(こうぶくろ)が、甘くて上品な香りを漂(ただよ)わせてもいる。

きりりとした面差(おもざ)しと相まって、将軍の血筋を感じさせてもいるのだが、質実(しつじつ)剛健(ごうけん)を旨(むね)とすべき理想の武士像とは、およそかけ離れた風体である。

しかもこの男、剣の腕はまさに天下無双。

このため世間では、天下無敵の素浪人・徳田京四郎、などという芝居がかった二つ名で通っていた。

もっとも、さすがに徳川ではなく徳田と名乗っているのは、この男なりに世間を憚っているからだ。

西瓜を食べ終えたところで、冠木門から中年男が入ってきた。

中肉中背、のっぺりした顔で、どこといって特徴がない。ふたたび市中で会っても、思いだせないだろう。

ただ身形は、白薩摩の着物を着流し、茶献上の帯を締めるといった、いかにも小粋ないでたちだった。

被っていた菅笠を脱ぎ、濡れ縁の前に立つと深々と一礼して、

「お暑うございます。手前は神田三河町で両替商を営んでおります、竜宮屋金兵衛と申します。以後、お見知りおきくださいませ」

と、馬鹿ていねいな口調で挨拶を寄越した。

いかにも胡散くさそうな男だ。

「なんの用だ」

ぶっきらぼうに、京四郎は問いかける。

「よき話がございますよ」

金兵衛は揉み手をした。

「竜宮屋金兵衛……竜宮城に金か、名前からして怪しげな奴だな」

京四郎は、遠慮会釈もなく感想を口にした。

「怪しいかどうか、まあ、話だけでも聞いてくださいませんか」

金兵衛はぺこりと頭をさげた。

「いいだろう。暇潰しにはなる」

庭の畑を眺めながら、京四郎は返した。

「帰雲金をご存じでしょうか」

「知らないな」

そっけなく京四郎は言った。

では、と金兵衛は説明をはじめた。聞くともなく耳に入ってくるのは、

「戦国の世、飛騨の国に帰雲城という城がありました。それが大地震により、城と城下町が山崩れに遭って埋没してしまったのです」

帰雲城という奇妙な名前は、雲が帰ってゆく唐土の伝説に由来するという。

城主は内ケ島氏理で、羽柴秀吉に臣従していた。秀吉は徳川家康にも臣従を求

めたが、家康はこれを拒否。討伐を決意した秀吉は、当時の家康の本拠地である三河に攻めこむ準備を、配下の諸将に命じる。

その際、鉱山経営に長けていた内ケ島は、秀吉から金銀の提供を命じられ、城内に莫大な金銀を貯蔵した。

そんな最中の天正十三年（一五八五）十一月、大地震が起きた。秀吉配下の諸将の領国である尾張、美濃、飛騨、越中、近江が甚大な被害を受けたのに対し、三河、遠江、信濃といった家康の領国は無事だった。

結局、秀吉は三河への軍事侵攻をあきらめ、調略で懐柔をおこなった。

この地震で帰雲城と城下は埋没してしまい、前代未聞の大災害によって、埋蔵金伝説が生まれたのである。

「その帰雲城の埋蔵金が、とうとう掘りあてられたのでございます。掘りあてたのは石堂奇嶽先生という山師であり、学者でもあるお方です」

もっともらしい顔で、金兵衛は言いたてた。

「山師といえば、金山や銀山の採掘が仕事だろう。埋蔵金を掘りあてたとは、石堂何某という男も、おまえ同様に怪しいなあ」

またしても京四郎は無遠慮にくさした。

それでも、金兵衛はへらへらとした笑顔を絶やさない。

「そもそも帰雲城の城主の内ケ島氏は、飛騨国白川郷あたりの鉱山発掘に成功し、財を成したのです。ですので石堂先生は、帰雲城周辺の山々の鉱脈を調べているうちに、たまたま帰雲城の埋没した地を見つけだしたという次第でして。まさに瓢箪から駒でございますよ」

「もっともらしい作り話としか思えんな」

京四郎の辛辣な評価にもめげずに、金兵衛は続けた。

「石堂先生は、埋蔵金を日照院さまに献上しました」

ここで京四郎の目が剣呑に彩られた。

「日照院は、六代将軍家宣公の側室だったな。どうして山師の男は、せっかく掘りだした埋蔵金を、日照院に献上したんだい」

日照院は七代家継薨去後に落飾し、江戸城内の一角に屋敷をかまえて暮らしているが、いまなお大奥や幕閣に大きな影響力を持っている。

力の源泉は、紀州藩主であった徳川吉宗を、将軍に推挙したことだ。八代将軍をめぐっては、幕閣、大奥を巻きこみ、紀州藩主吉宗と尾張藩主継友を押す勢力に二分された。

日照院はいち早く支持を公言し、吉宗が優位に立つきっかけを作り、そのため、吉宗も日照院には丁重に接している。

石堂もなにかしら取り入るつもりで献金したのだろうが、わざわざ日照院を献上相手にしたのが気にかかる。

金兵衛は、「ごもっともな疑問でございます」とうなずいてから、

「帰雲城が埋没していたあたりは、日照院さまの所領であるからです」

と、言った。

なるほど、そういうことか、とこの点は得心がいった。

「日照院さまは、献上された莫大な埋蔵金十万両を有意義に活用しようとお考えになり、帰雲金という基金を設けられました。手前どもは、日照院さまの御屋敷に出入りしておりますす両替商でして、日照院さまより埋蔵金の使い道について相談にあずかったのです」

金兵衛は石堂とともに、帰雲金の活用を任されているのだそうだ。

「だったら、石堂とおまえで使ったらいいだろう。貧しき者に施すもよし、おまえらが飲み食いするのも勝手というもんだ。帰雲金を増やそうというのなら、商人や大名に貸し付けたらいいじゃないか。台所事情にゆとりのない大名は珍しく

ないぞ。おれなんぞを訪ねるのは、時の無駄だ」

乾いた口調で、京四郎は返した。

「そんな、つれないことをおっしゃらないでくださいよ」

「話がわからん。まわりくどい説明はいらぬ。要点だけを言いな」

京四郎は語調を強めた。

それでも金兵衛は、勿体をつけた空咳をしてから切りだした。

「石堂先生のお考えで、帰雲金は特定のお方に融通して差しあげようということになりました。勝手ながら、徳田京四郎さまを特定のお方に選びました」

「融通というと、貸してくれるというのか。それなら不要だ。目下のところ、金に不自由はしていないからな」

右手をひらひらと振って京四郎は断った。

「ですが、金子はあっても腐るものではございません」

「だが、不要な借金を作るのは迷惑だ。金利だって馬鹿にならんだろう」

「それがですね、金利は不要、担保も要りません。返済も、あるとき払いの催促なし、なのです」

満面の笑みで、金兵衛はふたたび揉み手をした。

「ふ〜ん」

京四郎は生返事をしたのだが、

「ですから、事実上、差しあげるのです」

「そんな都合のよい話があるものか。おれのような浪人に金を恵んでくれてどうしろ、というのだ」

京四郎は取りあわない。

「特別に白羽の矢を立てたお方には、ご自由に使っていただきたいのです。お役に立ちたいのです。金は天下の廻りもの、良きお方に使っていただければ世のため、民のためとなります」

表情を引きしめ、金兵衛は言いたてた。

「たしかに、金は天下の廻りものだ。善人が使おうが悪党が使おうが変わらない。金に名前はついていないし、品格を問われることもないからな。よって、貸し付ける相手を特定することもあるまい」

哄笑を放ち、京四郎は言い放った。

「そこは気の持ちようです」

もっともらしい顔で、金兵衛は返した。

これ以上、相手になっては、それこそ時の無駄だ。

「馬鹿馬鹿しい、帰れ」

京四郎は吐き捨てた。

「では、今日は失礼します。気が変わったら、神田三河町にある帰雲金の会所にいらしてください」

金兵衛は、「お待ちしております」としつこく言い置いて去っていった。

やりとりをしただけで、金にまみれたような不愉快な気分になった。

母の貴恵が亡くなったのを機に、京四郎がここに引っ越してきたのは、享保十二年（一七二七）の皐月のことだった。早いもので一年と二か月が過ぎ、京四郎は二十六歳になった。

濡れ縁から庭におりた。

庭には、畑が設(もう)けてある。生涯にわたって、土とともにあった母の意志を受け継いでいるのだ。

吉宗の父、光貞の領内にある庄屋の娘であった貴恵は、光貞から和歌山城に入るようさかんに勧められた。だが、自分は百姓の娘だから土とともに暮らしたい、と拒(こば)んだ。

吉宗は少年のころから野山を駆けまわるのが好きで、たびたび貴恵の家を訪ねた。その息子である京四郎とも、一緒に釣りや鷹狩り、野駆けに興じたのだった。

江戸にやってきた京四郎に、吉宗は、幕府の重職や大名への取り立てを勧めた。吉宗なりに気をかけたのだが、当の京四郎は母と同じように拒み、根津権現門前の空屋敷のみを望んだ。

いかにも姉上の倅らしい、と吉宗は京四郎の偏屈さを喜んだ。与えた屋敷も御家人が暮らしていたとあって、三百坪ほどにすぎない。浪人の住まいには豪華すぎようが、およそ徳川家の若さまの住居には似つかわしくはない。

吉宗は屋敷の整備代と当面の生活費として、三百両を与えた。なおも遠慮しようとした京四郎だったが、亡き姉上の供養でもある、せめてそれくらいはさせてくれ、と説得されて受け取ったのだ。

そんななか、屋敷の周辺界隈で、京四郎が公方さまの御落胤だという噂が広まった。何人もの読売屋が押しかけてきたが、夢殿屋の松子という女だけが、じつに手際よく屋敷の手入れに適した職人、商人を手配してくれた。

自然と懇意となり、夢殿屋に持ちこまれるさまざまな相談、事件の解決を手助けするようになったのである。

天下無敵の素浪人、徳田京四郎の誕生であった。

三

夢殿屋にやってきた京四郎の顔を見るなり、

「京四郎さま、近頃、評判の金札をご存じですか」

松子は金札について話した。なんだ、また金の話か、と不愉快そうに眉根(まゆね)を寄せた京四郎は、

「いかにも、嘘くさいな……」

と、吐き捨てたあと、

「ちょっと待て。山師、石堂奇嶽と言ったな」

そう問い直した。

「そうですけど……」

首を傾げ、松子は訝(いぶか)しむ。

「石堂奇嶽の仲間だと称する両替商が、屋敷にやってきたんだ。竜宮屋金兵衛という、ふざけた名の男だった」

京四郎は、金兵衛とのやりとりを話してから冷笑を放った。

「じゃあ、帰雲金と金札はつながっているってことですか。ということは、やっぱり金札は詐欺でしょうか。でも、日照院さまが詐欺に関係するとは思えないんですけどねえ……あ、そうか、石堂と金兵衛は、世間知らずの日照院さまを利用しているのかもしれませんよ」

きっとそうですよ、と松子は断じた。早合点は松子の特徴。決めつけるな、と京四郎は注意してから、

「日照院の関与はなんとも言えないが、はっきりしているのは、美味い話には裏がある、ということだ」

乾いた口調で京四郎は評した。

「あたしもそう思いますよ」

「それで松子は、金札を買ったのか」

この欲張りめ、と京四郎は笑った。

「いえいえ、あたしは買っちゃいませんけどね……行商人の銀次郎さんが、一分だけ買ったそうですよ。銀次郎さんも鵜呑みにしているんじゃなくて、損を覚悟できる程度の金額ということですけど。たしかに美味すぎる話ですからね」

「山師と両替商という取りあわせで、いかにも金まみれの詐欺だと、松子お得意の決めつけもよくないが……無担保、無金利、無催促の貸し付けと高利の金札、それに埋蔵金伝説と金山採掘だ。これだけそろえば、まさしく夢殿屋の草双紙になる話ではあるな」

　そんな京四郎の言葉を受け、

「帰雲城の話なら聞いたことありますよ。へ〜え、埋蔵金ですか、そりゃ、夢があっていいですね。京四郎さま、試しに貸し付けを受けてみたらどうです」

　読売のネタを見つけたと直感したのか、俄然、松子は興味を抱いたようだ。

「借金なんぞ、したくもない」

　にべもなく京四郎は、はねつける。

「ですけど、借りたお金がまるまる儲かるんですよ。怪しい臭いがしたら、すぐに返せばいいんですし」

　躊躇いもなく松子は勧めてくる。

「だから、そんな美味い話はない、と言っているだろう。わかりきった騙しに乗るほど、おれだって暇じゃないさ」

　呆れたように京四郎は否定した。

「石堂と金兵衛が詐欺を企んでいるのなら、退治してやりましょうよ。それこそ、天下無敵の素浪人、徳田京四郎大活躍の晴れ舞台じゃありませんか」

すっかりと松子は、ネタの鉱脈を掘りあてた気になっている。

「なら、おまえが借りたらどうだ」

「そりゃ、あたしなら、そんないい話があれば千両でも二千両でも借りますよ。でも、選ばれた方々しか借りられないんでしょう。帰雲金というのは」

残念です、と松子は繰り返した。

「やめておけ。触らぬ神に祟りなし、ただほど高いものはない、というものだ」

京四郎は鼻で笑った。

松子は反論しようとしたが、ふと冷めたような顔になり、

「それもそうですよね。それにしても、金、金、金の世の中ですね」

と、ため息を吐いた。

ところが、ここで京四郎は意外なことを言いだした。

「よし、では、金札を見物するか」

「まあ、京四郎さま。帰雲金は借りないのに、金札は買うのですか」

「そんなはずないだろう。冷やかしだ」

にやりとして京四郎は立ちあがった。

京四郎と松子は、神田三河町にある秩父講の会所にやってきた。どうやら、帰雲金の会所と同じようだ。

黒板塀（くろいたべい）が囲む三百坪ほどの敷地に、平屋建ての一軒家が建っている。木戸門から入ると、大勢の男女が群（むら）がっていた。

これから広間で、石堂の講義がはじまるそうだ。講義を聞いてからでないと、金札は買えないという。

「おもしろくない話だろうが、暇だから聞いてやるか」

京四郎の言葉に、松子も従った。

縁側から広間に入った。男女が生き生きとした面持ちでひしめいていて、聞くともなく彼らのやりとりが耳に入ってくる。

みな興奮気味に、金札購入について語りあっていた。

やがて、

「では、これから石堂先生のお話がはじまります」

と言って出てきたのは……。

「金兵衛じゃないか」

京四郎は両替商、竜宮屋金兵衛と目が合った。

金兵衛は満面の笑みを浮かべ、挨拶を送ってきたが、京四郎は無視した。

ほどなくして、石堂が姿を見せた。

意外にも石堂は、若い男であった。二十代なかばであろう。光沢を放った総髪(そうはつ)で、白小袖に黒の十徳(じっとく)を重ねていた。加えて、首から大きな数珠(じゅず)をさげている。数珠を構成する玉は、金色に輝(かがや)いていた。

「あの数珠、本物の金でしょうかね」

松子の目が興味津々(しんしん)に彩られた。

石堂は広間を睥睨(へいげい)し、威厳を放ちながら正座をした。みなの熱い視線を受けながら、おもむろに口を開く。

「鉱脈からして、莫大なる金が採掘できそうですぞ。そう、佐渡金山に匹敵するような金山です」

ここで金兵衛が割りこんだ。

「佐渡の金山からは、毎年百五十貫もの金が採掘されますよ」

広間の中に、歓声があがった。

「法螺吹きめが」

つぶやいた京四郎に松子が視線を向け、小声でささやく。

「そうですよね。佐渡ほどの金山が、これまで見つからなかったはずありませんもの」

「それにな、佐渡金山から採掘される金の量は、たしかに莫大には違いないが、年に百貫を超えるくらいだ」

正面を向いたまま、京四郎は言い添えた。

「これだから、山師と金貸しは信用ならないのよ」

松子は眉をしかめたが、詰めかけた男女は盛りあがっている。

若い男たちが入ってきて、横長の紙を広げた。彼らは紙の両端を持ち、石堂が立ちあがって紙の前に立った。紙には、秩父講の坑道が描かれていた。

石堂は採掘の状況を説明したが、専門用語が多用され、理解できる者はいそうにない。また、もっともらしい石堂の講釈に、反論できるほどの知識を持つ者もいなかった。

説明が終わると、若い男たちが木の台も運んできた。

台には金塊が乗っている。

「秩父講で掘りだした金の一部ですぞ。このような良質の金は、佐渡でも掘れません」

石堂が言うと、金兵衛がおおげさに騒ぎたてる。

「すばらしい！　みなさん、よかったですね！」

詰めかけた男女からも、ふたたび歓声があがる。

大きな盛りあがりを見せたところで、数人の若い衆がお盆を手に客の間をまわりはじめた。お盆には饅頭があり、若い衆はみなに配っている。

松子は京四郎の分と、ふたつ受け取った。

白い饅頭に金粉がまぶしてあった。

「まあ、金粉饅頭ですよ、贅沢ねえ。高級料理屋さんで、お正月に出されるって聞いたことありますよ」

松子は京四郎に渡そうとしたが、

「いらん」

と、京四郎はにべもなく断った。

「では」

松子は京四郎の分まで、金粉饅頭を食べた。

「それでは、みなさんの予算に応じて、金札を購入ください」

そう言って、石堂は話を締め括った。

みな、母屋の横に設けられた金札販売所へと向かう。

「買いますか」

松子の言葉を、京四郎は即座に拒絶した。

「買うわけないだろう」

「そうですよね。きっと、痛い目に遭いますよ」

ふたりがそう言いあっているところへ、金兵衛がやってきた。

「これはこれは徳田さま、ようこそお出でくださいました。いやあ、来ていただけないと思っておりましたが、ご聡明なお方ですので、きっと手前どもの話を理解してくださると信じておりました。本日は帰雲金のお貸し付けでしょうか。それとも、金札のご購入で……」

金兵衛は、にこやかに話しかけてくる。

「千両借りて、全額金札を買おうか」

ぶっきらぼうに京四郎が返すと、

「それでもかまいませんよ。ではさっそく、貸し付けの手続きをいたしましょうか……」

上目遣いになって、金兵衛は承知した。

「冗談だ。帰雲金を借りるつもりはない。それより、おまえ、山師の先棒を担いで、よほど稼いでいるようだな」

京四郎の問いかけに、

「いえいえ、石堂先生のお手伝いをしておりますだけで。もちろん、手間賃などはいただいておりますがね」

しれっとした顔で、金兵衛は認めた。

「帰雲金とやらは、どうなった。どんな連中に貸しているんだ」

京四郎が問いかけると、

「徳田さま、考え直してくださいませんか」

金兵衛は答えをはぐらかしてくる。

「くどいぞ、借りる気はない」

京四郎が否定したところで、商人風の男がそばに寄ってきた。会話が終わるのを待ちきれなかったらしい。

「あの……帰雲金の貸し付け、早まりませんか」

男は必死の形相である。

金兵衛は一瞬、嫌な顔をしたが、すぐに笑顔を取り繕って、

「再三、ご説明申しあげましたように、無理でございます。物事には手続き、手順があるのですからね」

くるりと背中を向けて立ち去ろうとした。男は金兵衛の袖をつかみ、

「お願いします！」

と、大きな声を出した。

袖の手を離そうとした金兵衛だったが、男は離さない。すると、若い衆が駆けつけ、力づくで男の手を離した。その拍子に、男は尻餅をついてしまった。

「旦那さま、大丈夫ですか」

すかさず若い男がやってきて、男を助け起こした。旦那と呼ばれた男は、若者の手を借りながら立ちあがると、なおも金兵衛と話そうとした。

しかし、もはや金兵衛は相手にもせず、奥に向かっていった。

「旦那さま、ここはわたしが……」

若い男は、金兵衛を追いかけようとする。

「伊佐治……」

旦那は若い男の顔を見つめ、「頼むぞ」とつぶやいた。

秩父講の若い衆が、伊佐治の前に立ちふさがった。だが伊佐治は、彼らの脇をするりとすり抜けると、金兵衛のあとを追った。

「帰るぞ」

一連の騒動を見終えた京四郎は、不機嫌そうに松子に声をかけた。

松子は伊佐治が気になっていたが、京四郎が歩きだしたため、しかたなくついていった。

四

数日が過ぎ、昼前になって夢殿屋を品のよい女が訪ねてきた。

「あの……こちらに徳田京四郎さまがいらっしゃるんでしょうか」

友禅染(ゆうぜんぞめ)のいかにも値の張りそうな着物で、三十路(みそじ)に入った頃合いの大店(おおだな)の女房のようである。

一瞬、松子は返事に窮(きゅう)したが、

「つねにいらっしゃるわけではないですけどね……京四郎さまに、なにかご用ですか」

　松子が確かめると、

「これは失礼しました。わたしは、日本橋の本町で呉服商を営んでおります山城屋の主、坊太郎の女房で、志津と申します」

　お志津は挨拶をした。

「山城屋さんのご新造さんですか」

　松子も山城屋のことは知っている。本店は京で、創業は足利の世であるとか。西陣織を扱い、足利将軍家の御用を受け賜わっていたとも聞く。

　歴代の主は戦国の世を生き抜き、織田信長、豊臣秀吉の御用を担ったあと、徳川家康の御用商人のひとりとなる。

　江戸幕府開闢とともに、江戸城出入りが叶って江戸に出店を置き、しばらくすると京の本店を凌ぐ勢いとなった。

「そうなのです。こんなこと頼めるのは徳田さま以外にない、と思いまして。徳田さまは、弱き者の味方になってくださり、たとえ大きな力を持つ者にも物怖じしないと聞きます。民には頼もしいお方です」

　お志津は、京四郎への信頼を熱っぽい口調で語った。

「たしかに、京四郎さまは信頼のおけるお方ですよ。どうしましょうか、お屋敷にお連れしましょうか、それとも、ここへ来ていただきましょうか」

松子が気遣(きづか)ったところで、噂をすれば影、当の京四郎がやってきた。

「京四郎さまですよ」

松子が耳打ちをすると、お志津は緊張に表情を引きしめながらも、呉服屋の女房ゆえか、片身替わりの華麗な着物に目が釘付(くぎづ)けとなった。

　さっそく松子が、お志津のことを紹介した。

「話を聞こうか」

　京四郎は、松子とお志津をうながした。


　奥の座敷に、ひとまず京四郎とお志津が入った。松子は遠慮しようとしたが、お志津が一緒に話を聞いてほしいと頼み、加わった。

「夫が自害しようとしました」

　唐突に、お志津は言った。

　松子が眉を寄せる横で、京四郎は話の続きをうながした。

「借金を苦にしたのです」

お志津はここで言葉を詰まらせた。

「どうしたんです。山城屋さんといえば、大変な老舗ですよね。大奥や御三家にも、出入りなさっておられるのでしょう」

松子は疑問を投げかけた。

「そうなのですが……一年前、大奥出入りがなくなったのをきっかけに、水戸さま尾張さまのお出入りも叶わなくなりました。いまのところ、紀州さまは出入りが許されておりますが」

お志津によると、山城屋が大奥出入りができなくなった原因は、失態を演じたわけではなく、将軍徳川吉宗の倹約政策の一環であるという。吉宗は幕府の出費削減を進めるなかで、大奥にも鉈を振るったのだった。

山城屋だけでなく、いくつかの呉服問屋も出入り止めとなった。

ただ吉宗は、実家である紀州家への出入りはそのままにした。江戸の藩邸には山城屋の江戸店が、紀州の和歌山城には京都店が、かろうじて出入りしている。

「手前どもには、大きな損失でございます」

「それはそうであろう」

意外にも神妙な京四郎の言葉の裏には、吉宗の仕打ちに対する謝罪がこめられているようだった。

「ですが、ただ指をくわえて見ているわけにはいきません」

主人坊太郎は、店売り(みせう)を本格化しようとした。

この時代、老舗の呉服問屋は、武家屋敷や豪商の家に反物(たんもの)を持参して採寸し、仕立てて納め、勘定は盆、暮れにまとめてもらう掛け売りが主体であった。

そんななか、三井越後屋(みついえちごや)が、「現金掛け値なし」の店売りを主体とした商売をおこない大繁盛した。つまりは、特定の武家、商家に限定せず、不特定多数の庶民を相手とした商いである。

しかし、山城屋にとって、そんな商売は未知だった。接客にしても、庶民相手では不慣れである。

当然のように、奉公人たちは反対した。

「限られたお武家さま、商家さまへの商いで凌いでいきましょう、やがて、大奥出入りが叶うまで忍びましょう、という意見も聞かれ、主人も倹約に努め、商いを小さくして耐えていこうと考えたのです。そんな矢先でした」

ここでお志津は言葉を止めた。

京四郎と松子は顔を見あわせる。

ふたりともまさかと思ったのは、帰雲金である。

案の定、

「そんなある日、とてもよい貸し付け話があると持ちこまれたのです。それが、金利なし、返済は無期限で催促なしという、とってもよい条件だったんです。なんでも、帰雲金と言うんだそうでして」

お志津の目が危うさに彩られた。

「それで、坊太郎は帰雲金を借りたのか」

京四郎が問いかけると、お志津はひとつうなずいた。

「話がうますぎると疑りましたが、なにしろ好条件ですので……それでもずいぶんと迷ったんですけど、無担保というのならかまわないだろうと、結局は借りてしまいました」

「いくらほど……」

「新店開設費用として、五千両です」

お志津は答えた。

「それが、急に返せって言ってきたんですか。だけど、返さなくたっていいんでしょう。無期限の催促なしって約束なんですもの。ちゃんと借用証文も取り交わしたんですよね」

　松子らしい先まわりした推測で、ずけずけとお志津に問いかける。

「そうじゃありません。その、なんと申しますか、相手さまとは証文を交わしま
したし、催促もございません……それが、その……」

　お志津は緊張のせいか、要領立てて話ができないようだ。

　京四郎も松子も、お志津が落ち着くまで待った。やがて、

「五千両の貸し付けは、実行されなかったのです」

「じゃあ、帰雲金というのは嘘だったんですか」

「いま思えば、嘘だったのかも」

「というと」

「五千両の貸し付けを実行するにあたり、手続きに必要な書類を調えるため、手
数料として五十両が必要だと言われたのです」

「ほう、五十両の手数料か」

　なんとも呆（あき）れたように、京四郎は顎（あご）を掻（か）いた。

「それで、五十両を払ったんですか」

　松子が確かめると、お志津はうなずいた。

「まさか山城屋さんは、その五十両でお店が傾いて、自害しようと……」

松子の早合点に、お志津は首を横に振った。

「さすがに、そんなことはありません。そのとき、金札も合わせて購入したのです」

「金札って……あの金山が発見されたっていう」

思わず松子は声を大きくしてしまった。

「三分が一両になるんですよね」

「そうなんです。それで利益が見込めると、主人は買ったのです」

「いくらほどですか」

「千両分です」

お志津は答えた。

「ところが、大変に間が悪いことに、うちの金蔵から二千両が盗まれるという事件が起きたのです」

「まあ……」

思わず松子は絶句した。

「ですので、帰雲金の五千両を、絶対に貸していただかないことには、どうしようもなくて。もうすぐ、店が立ちいかなくなります」

すでに、奉公人の給金や、仕入れ先への支払いが滞っているという。

「それで、主人は五千両の貸し付けの実行を急かしました。でも両替商の金兵衛さんは、特別に急ぐには催促の費用が必要だ、と」

「どうして」

松子は半身を乗りだした。

「しかるべきお方に、賄賂を贈るそうです。つまり、実行の順番は決まっているそうで、その順番を入れ替えるには、それなりの礼金が必要ということでした」

帰雲金への恨みからか、お志津は興奮して早口になった。

「もっともらしいことを言ったんですね。ひどいわ」

「それで、貸し付けは実行されたのか」

京四郎の問いかけに、

「いいえ」

力なくお志津は、首を左右に振った。

「ひどい」

松子の怒りはおさまらない。

「ほんとです。結局、主人は百両を支払いました。でも、それですぐに貸し付けの順番がまわってくるかは、まだわからないって」

お志津の言葉が力なく消えていく。

「ということは、帰雲金の貸し付けをめぐって、すでに百五十両を先に払ってしまっているんですね。それに、盗まれたのが二千両と……」

松子は念押しをした。

「そういうことになります。蓄財は盗人に奪われ、残ったのは千両分の金札だけです。奉公人の給金も仕入れ先への支払いも、待ってもらっているような状況ですのに」

本当に申しわけない、とお志津は悲壮感を漂（ただよ）わせた。

「ああ、そうだ。では、その金札を現金に換えてもらうのはどうですか」

松子の言葉に、お志津は唇を噛（か）んだ。

「それも考えたのですが、期日前の現金払いには応じられない、ということでした」

「まあ、融通が利かないのですね。なんだかうまいこと言いくるめられてるみたい。買わせるときは調子のいいことばっかり言って……ほんと、これだから金貸しは信用できないのよ。あ、金札は金貸しじゃないけど。山師と金貸しには用心しなきゃいけませんね。御法度に守られた、体のいい盗人ですよ。地獄に堕ちますよ。まあそんな奴だから、地獄の沙汰も金次第っていうのが信条なのかもしれませんけどね」

松子は強い口調で、批難の言葉を並べた。

そこでお志津は、持参した金札を見せてきた。裏面には細かい字で、文章が綴られている。

「おかしいわね。銀次郎さんの金札には、こんなうるさい書きこみなんか、なかったわよ」

松子が首を傾げると、お志津は答えた。

「なんでも、一両、一分、各十枚以上買った者には、こういう規定があるそうですよ」

松子は、京四郎に金札を見せた。京四郎は視線を落とし、さっと目を通す。そこには、期日までの換金には応じられないことと、転売の禁止が記されていた。

また、

「万が一、金が採掘されなければ、額面の十分の一にて金札を引き取る、か……

なるほど、これはますます臭うな」

京四郎は、にんまりとした。

「ほんと、狡猾ですね」

眉根を寄せた松子に、京四郎は乾いた笑みを見せた。

「たしか、播州赤穂城主、浅野内匠頭が取り潰された際、赤穂藩の藩札は三割で買い取られたんだったな」

「お大名がお取り潰しになっても、三割の支払いはされるっていうのに、金札は金が採れなかったら一割なんて、不当もいいところよ」

もはやここまでくると松子の八つ当たりである。

京四郎は落ち着いた口調で、

「ここに書いてあるのを承知で、金札を購入したんだろう、という言い分さ」

「でも、それって、詐欺にならないんですか」

松子は不満そうに、頰を膨らませた。

「さて、詐欺だとしても、巧妙なやり口をしているな。あのときの説明会でも、金塊をみなの前で披露し、饅頭まで配っていた。しかも、金粉饅頭をな」

京四郎は笑った。

「そんなもので誤魔化されませんよ」

「おまえ、美味い、美味いって、おれの分まで食べてたじゃないか」

京四郎に指摘され、松子はばつが悪そうに認めてから、

「あっ、そうだ。あのとき、金兵衛に食いさがっていた、どこかの大店の主人がいらしたけど……」

と、視線をお志津に投げかけた。

五

「そうです、うちの人です」

お志津は言った。

「じゃあ、一緒にいた若い人は、山城屋さんの奉公人ですか」

続く松子の問いかけに、

「伊佐治という手代です。主人のために、とっても尽くしてくれています。誠実で真面目で、奉公人の鑑（かがみ）のようですわ」

お志津は伊佐治を褒めそやした。

「そうそう、伊佐治さんと呼ばれていましたね。たしかに、とっても一生懸命な方に見えました」

しきりとうなずく松子同様、京四郎の脳裏にも、伊佐治のけなげな姿が浮かんでいた。

「たしか金兵衛さんを追いかけていったと思うんですけど、あのあと、どうなったのですか」

松子の問いかけに、お志津は表情をますます曇らせた。

「伊佐治さんは頑張ってくださって、三分の一を払ってくれるって約束を取りつけたんです。二日後に用意するって。それで主人も、仕入れ先にこれで迷惑をかけないで済むって安堵したんです」

しかし、それはぬか喜びとなった。

「それが……二日後、伊佐治さんが訪ねてみると、石堂先生は不在で、どなたもそんな約束なんかしていないと、追いだされてしまったのです」

その際、伊佐治は、手下たちに殴る蹴るの暴行を受けたそうだ。

「伊佐治さんは主人のために……」

なんと、右手の骨まで折ってしまったという。

「それで、ご主人は」

松子が聞くまでもなく、

「それがきっかけとなり、すっかりと望みを断たれ首を括ったんです」

幸い、奉公人にすぐに見つけられ、一命は取りとめたのだった。

「せめて、命があるのが慰めです」

お志津は両手を胸に押しあてた。

「まあ、命あってのものだねですからね」

苦しまぎれの同情の言葉を松子が発したところで、

「……徳田さま、お願いします。石堂と帰雲金を退治してください」

あらためて、お志津は訴えかけた。

「退治と言ってもな……帰雲金の貸し付けを実行しようとしたが、まだ手続きが完了していないのだと、金兵衛に突っぱねられるだけだぞ。それに、まずは町奉行所に訴えるのが筋じゃないのか」

京四郎が問いかけると、

「御奉行所は聞き届けてくれません。きっと、日照院さまを憚ってのことだと思うのです」

お志津の推測を受け、松子が大きく目を見開いた。

「日照院さまが、どう関係するのですか」

日照院とは、六代将軍徳川家宣の側室であった。紀州藩主であった吉宗を、将軍に推薦したと言われている。そのため、吉宗も遠慮があり、幕閣の間でも日照院に意見を言う者はいない。

「石堂先生が採掘をしている山は、日照院さまの御領内にあるのです」

幕府から採掘許可がおりた山は、山師の全面的な差配に任される。そこには罪人が逃げこむことさえあるが、捕方は立ち入ることすらできないのだ。

帰雲金が見つかった飛騨国の村も日照院の所領であった。石堂はしっかり日照院に取り入っているようだ。

そんなありさまであるのに、さらに日照院の領内だとすると、とてものこと町奉行や勘定奉行が、おいそれと踏みこめるものではない。

「ですから、なんとしましても、徳田さまに石堂を懲らしめてほしいのです」

お志津は京四郎に向かって膝を進めた。

松子も、お志津に味方する。

「そうですよ。石堂を退治できるのは、天下無敵の素浪人、徳田京四郎さましかいませんって。わたしからもお願いします」

「……気持ちはわかるがな、まだ被害が出ているわけではない。詐欺と決まったわけじゃないだろう」

冷静に京四郎は指摘した。

黙りこんでしまったお志津に代わって、松子が強い口調で訴えかける。

「きっと、これから被害者が続出しますよ。そうに決まっています。そうなってからでは遅いですって」

「おいおい、そう興奮するな」

苦笑を浮かべつつ、京四郎は宥めた。

「どうか、お受け取りください」

お志津が、紫の袱紗に包んだ金を出した。五十両だった。

「着物を質に入れてこさえました。これで足りないのなら、小間物なども質入れしたいと思います」

強い決意で、お志津は言い添えた。

「京四郎さま……」

なおも味方しようとする松子を軽く制し、

「礼金に不足はない。それより、なにか美味い物が食いたいな」

おもむろに京四郎は言った。

「美味い物と申しますと……」

すっかりと困惑したお志津に、京四郎がにっこりと付け加える。

「好き嫌いはないし、値の張る食べ物にも興味はない」

「たとえば、お志津さんの手料理でいいのよ」

松子が言い添えると、お志津はやや考えてから、

「では、南瓜（かぼちゃ）を……南瓜の煮付けでよろしいでしょうか」

と、確かめた。

「うむ、よかろう。ただ、そう簡単にはいかぬ点もあるな。さて、石堂の罪を暴くにはどうしたものか」

考えこんだ京四郎に、お志津がおずおずと切りだした。

「それについてなんですけど……」

「どうした」

「さきほど、金蔵から二千両を盗まれた、と申しましたが、それにつきまして怪しいことが」

お志津は声をひそめた。

「なんです」

つられるように、松子も声の調子を落とす。

「伊佐治さんが言っていたのですが……」

たしかではない、と躊躇いながらも、お志津は言葉を続ける。

盗人が入った晩、伊佐治は小用を足していた。ちょうどそこで、盗人が逃げだすところを見かけたらしい。

ここで騒ぎたてても、そのまま逃げられてしまいそうな距離だった。しかも、相手は複数で、こちらはひとり。せめて手がかりを得ようと、伊佐治は物陰から盗人たちの姿を目に焼きつけていたのだとか。

「暗くてはっきりとは見えなかったらしいのですが、そのなかに、見覚えのある顔があったそうなのです。それは、石堂先生の配下の方でした」

お志津は言った。

伊佐治は、まんまと盗人を見逃す形になってしまったことに自責の念を抱き、それもあって、石堂との掛け合いに尽くしたのだった。

「たしかに、石堂先生の配下の方々は、何度かうちにいらっしゃいました」

そのとき、山城屋の金蔵の位置や、屋敷内の様子を調べあげたのではないか、とお志津は疑っている。

「もちろん、それも町奉行所にお伝えしました。しかし、動いてはくださいません。それもこれも、日照院さまへの遠慮だと思います」

よほど悔しいのか、お志津は絞りだすように言った。

「京四郎さま……」

なおも懇願する松子に、京四郎はため息混じりに答えた。

「わかった、そうくどくど言うな。山城屋から二千両を盗みだしたのが明るみになれば、いくら山師だろうが日照院の領内だろうが、さすがに咎められるだろうな。奉行所も黙って見過ごすまい」

「そうか、石堂が見せている金も、手下がそうやって盗みだした金なんじゃありませんか……きっと、そうですよ。山城屋さんにかぎらず、金札を買い求める大店に狙いをつけて、手下に盗ませているんですよ」

俄然、松子は言いたてた。読売屋魂に火がついたようだ。

「わかった。まずは山城屋に行って、主人のほうからも話を聞いてみよう」

京四郎は引き受けた。

六

そのまま京四郎と松子は、お志津をともなって山城屋を訪れた。

表通りにかまえられた老舗の呉服問屋であるが、雨戸が閉じられている。お志津が戸惑っていると、若い男が出てきた。

「女将さん、大変でございます」

若い男は右腕を晒しで吊った痛々しさに加え、顔面蒼白になって唇が震えている。京四郎と松子に気づき、男はお辞儀をした。

お志津が「伊佐治さんです」と紹介した。

言われてみれば、あのときの若い店者であった。

「どうしたの」

お志津が問いかけると、

「だ、だ、旦那さまが……」

伊佐治は舌をもつれさせた。

最後まで聞き終えず、お志津は店の裏手に走っていった。

京四郎と松子も続く。木戸からお志津は中に入り、庭を横切った。

母屋の縁側にあがり、中に入る。

京四郎は、ついてくる伊佐治に確かめた。

「坊太郎がどうしたのだ」

「首を吊って……お亡くなりになりました」

悲痛な顔となり、伊佐治は答えた。

坊太郎は、ふたたび首を吊ったのだった。

「あたしのせいです」

伊佐治がうなだれると、進む先のほうからお志津の泣き叫ぶ声が聞こえてきた。


京四郎と松子は、坊太郎の亡骸に手を合わせた。

坊太郎は布団に寝かされていた。首筋に残る縄の跡が、いかにも痛々しい。枕元では、お志津がむせび泣いている。

店を大急ぎで閉め、こうしている間にも、番頭と手代たちが、お得意先などに事情を話しにいっているという。

「あたしが目を離した隙に、旦那さまは首を吊ってしまわれました」

伊佐治はうなだれながら証言をした。

この寝間で、坊太郎は寝込んでいた。前回の自死未遂の傷が、いまだに癒えてなかったという。

伊佐治は看病にあたっていたのだが、半刻ほど前、坊太郎に近所までお使いに行かされた。

「饅頭を召しあがりたい、とおっしゃいまして。あたしは、旦那さまが少しは元気になられたのだと、喜んで出かけたのです」

ところが、饅頭を買って帰ってくると、坊太郎は布団を抜けだし、首を吊っていたのだそうだ。

「あたしがちゃんと見ていれば……」

なおも伊佐治が悔やんでいると、初老の男が寝間に入ってきた。

番頭の忠兵衛(ちゅうべえ)だという。ちょうど出先から戻ってきたらしい。

泣いているお志津に代わって、松子が経緯を簡単に説明した。ある程度は聞いていたらしく、忠兵衛はすぐに納得してくれた。

首を吊った坊太郎が見つかった際、怪我をしている伊佐治に代わって、忠兵衛が主人を縄からおろしたという。

「あたしも油断していたのです」

と、忠兵衛は声を詰まらせながら言った。

「どういうことだ」

京四郎が問いかける。

「今朝、旦那さまはいつになく元気であられました」

忠兵衛が言うには、このところ塞ぎこんでいた坊太郎だったが、今朝は表情が明るかったそうだ。

――忠兵衛、あたしはもう一度やるよ。山城屋を立て直す。このまま足利の世から続く暖簾を、あたしの代で潰すわけにはいかないからね。

そのうえ、そんなことまで坊太郎は言っていたらしい。

徳川よりも続く老舗の呉服問屋、というのが山城屋の誇りであった。江戸は分家とはいえ、徳川の世になってからは、京都の本家を凌ぐ隆盛ぶりなのだ。

「ですから旦那さまは、創業のころに立ち返り、ご自分もお得意さままわりや新規のお得意さまの獲得をやるんだと……病が癒えたら、番頭や手代に負けないよう足を棒にして動きまわると、強くおっしゃっていました。それなのに」

忠兵衛は、がっくりとうなだれた。

そこで松子が疑問を投げかけた。

「そんな意欲に燃えていたのに首を括るなんて。なにか、また悪いことでもあったのでしょうかね」

「さあ、どうなんでしょう」

忠兵衛は首を傾げた。

伊佐治も、

「とくに、変わったことがあるようには見えませんでしたが」

わからない、と言い添えた。

すると松子が、みずからの考えを述べたてた。

「そういえば、聞いたことがありますよ。気の病には、塞いだままの状態が続いたあとに、妙に気持ちが高ぶることがあると。つまり、気持ちの揺れが大きくなってしまうんですって。ですから、山城屋さんも、いったんは元気になったものの、もとに戻ったときに揺れ幅がひどくなったのかもしれませんね」

「そうかもしれません」

ようやく落ち着いてきたお志津が、涙声ながら賛同した。

「心あたりがあるのか」

京四郎が確かめると、お志津は考えこみながら答えた。

「その日によって、たしかに沈んでいるときと、機嫌がよくなるときとの差を感じました」

「やっぱりね」

松子が言うと、

「もっと、気を遣うべきでした。まさか、もう一回、首を括るなんて」

またもやお志津は自分を責めたて、いまにも泣き伏せそうになった。

「女将さんが悪いんじゃありませんよ」

あわてて忠兵衛が慰める。

涙を流しながら、お志津は首を横に振った。

「許せない」

思いつめたように、伊佐治が憤った。

怒りの矛先が石堂奇嶽に向けられているのは、間違いないだろう。

と、絶妙に間合いを外すように、京四郎は立ちあがった。

「こんなときに悪いんだがな、ぜひとも金蔵を見てみたい」

わかりました、と忠兵衛がみずから案内に立った。

土蔵が三つほど建ち並び、右端が金蔵だそうだ。金蔵の前に立って母屋を見ると厠（かわや）が見え、縁側とつながっていた。なるほど、伊佐治が厠に立った際に、盗人を見かけたはずだ。

忠兵衛がお志津から鍵を借りてくると、まず京四郎は南京錠の鍵穴を確かめた。

「針金（はりがね）や簪（かんざし）を使った跡はないな。ということは、合鍵を用意したことになる」

京四郎は忠兵衛から鍵をあずかり、南京錠を開けた。

引き戸を、忠兵衛が開ける。

中はがらんとしていた。壁際に銭函が三つ積んであるほか、板の間がむきだしとなっているのが、老舗呉服問屋の没落（ぼつらく）ぶりを物語っているようだ。

「銭函には銭があるだけです。ひとつに四千文入っておりますな。それらには手をつけず、ですわ」

悔しそうに忠兵衛は言った。

銭四千文で、金一両だ。重い銭函を三つとも盗んだところで三両である。盗人が見向きもしないのは、当然と言えば当然だった。

「盗人が入ってから、このままにしてあるのか」

京四郎が確かめると、忠兵衛は、そうです、と答えた。

「盗人が入った晩、あんたは寝ていたのか」

「寝ておりましたが、一度、厠に立ちました」

真摯(しんし)に忠兵衛は答えた。

「そのとき、金蔵を見なかったか」

「そうですな……見たと言うよりは、目に映った、と申しましょうか。縁側から庭を向きますと、嫌でも目に入りますのでな……」

「盗人には気づかなかったんだな」

京四郎は問いを重ねた。

「ええ……」

返事をしてから、

「そうそう、夜四つを過ぎましたら、雨脚(あまあし)が強くなりました。夜更けの大雨ですから、庭も金蔵もよく見えませんでした。四つを過ぎましたら、雨戸を閉めました。その際、念のために庭におりて金蔵を確かめましたが、異常はありませんでした」

忠兵衛の言葉に嘘はないようだ。

京四郎は、そりゃご苦労だったな、と忠兵衛に労いの言葉をかけてから、

「すると、盗人が入ったのは、四つ以降ということか」

と、顎を掻いた。

あらためてがらんとした金蔵を、忠兵衛は眺めまわし、

「これから、どうすればいいのでしょう」

途方に暮れたように、ため息を漏らした。かける言葉が見つからないまま、京四郎は母屋に戻った。

松子が、伊佐治とともに居間にいた。右腕の不自由な伊佐治のため、お茶と菓子を用意していたらしい。

「京四郎さまも召しあがりますか」

松子は小皿の饅頭を示した。

「なんだ、秩父講の金粉饅頭か」

京四郎は苦笑し、お茶を飲むにとどめた。

次いで、伊佐治に声をかける。

「あんた、盗人を見たんだろう。秩父講の連中が、盗人のなかに加わっていたんだったな」

念押しをするように問いかけると、

「はい……」

伊佐治の目が不安に彩られた。

かまわず京四郎は続けた。

「盗人が押し入った夜は、大雨だったと聞いたぞ」

「そ、そうです」

「だから、雨戸を忠兵衛が閉めた。夜四つのころだったそうだ。そのとき、金蔵に異常はなかった。さすがに扉が破られていれば、ひと目でわかるからな。ということはだ、盗人が押し入ったのはそのあとってことになる。あんた、よく盗人を目撃できたな」

なにげない京四郎の質問を聞いて、横の松子が目をむいてくる。

伊佐治の額(ひたい)からは、汗が滴(したた)り落ちはじめた。

「雨戸が閉じられていたのに、盗人たちをどうやって確かめたんだ」

大きくはないが威圧感たっぷりに、京四郎は問いかけた。

「それは……なんとなく胸騒ぎがしましたので、雨戸を外したのです」

声を上(うわ)ずらせながらも、伊佐治は言いたてた。

するとそこへ、お志津が入ってきた。

「伊佐治さんは、一生懸命なお人なんです」

必死に伊佐治をかばった。どうやら話を聞いていたらしい。

「一生懸命かもしれぬ。真面目な働き者でもあるのかもな。しかし、少なくとも正直者じゃないな。あんた、嘘つきだ」

京四郎は伊佐治を睨んだ。

伊佐治が、京四郎の視線から逃れるようにうなだれる。

「そんなことありません」

なおもお志津は、伊佐治を信じきっているようだ。

そこで松子が、

「伊佐治さん、どうなの……本当のことを話したほうがいいわ。盗人を見たんですか」

と、あらためて問いかけた。

おろおろとするお志津をよそに、伊佐治はがばっと顔をあげ、

「見ました。雨戸を外し、この目で……」

強い口調だが、言葉尻が曖昧に濁る。

「盗人なんぞ押し入っていないんだろう。あんたらの芝居じゃないのか。坊太郎も、自害じゃなくて伊佐治……あんたが殺したな」

冷めた口調で、京四郎は言った。

「まあ……」

松子は口を半開きにした。

すると伊佐治は京四郎に向き直り、目に涙を溜めて反論した。

「徳田さま、言いがかりでございます。わたしはこのように右手の骨を折っております。旦那さまは首を吊ったのですよ。不自由な手で首吊りに見せかけることなどできません。あんまりです。わたしが旦那さまを手にかけただなんて」

「ぺらぺらと言いわけが口をついて出てきたじゃないか。あらかじめ、疑われた場合の言い逃れを考えていたってわけか」

ここでお志津が、

「徳田さま、あんまりですよ」

と、声を大きくした。

「あんまりなのは、あんたらのほうだろう。店の二千両を盗み、それを秩父講の連中のせいにして、あげくに主人の坊太郎を殺したんだからな」

視線を凝らし、京四郎は返した。伊佐治とお志津ともに、京四郎から顔をそむける。

「骨を折ったから、坊太郎を首括りに見せかけるのは無理だと言う。ずいぶんと都合よく折れた手だな」

語りかけるや、京四郎は立ちあがり大刀を抜き放った。

伊佐治の顔が引きつる。京四郎は大刀を斬りおろした。

「うぎゃあ！」

悲鳴とともに、伊佐治は両手で頭を抱えた。右手を吊っていた晒が切断され、畳にはらっと落ちた。

お志津が、小さく舌打ちをした。

「観念するんだな」

納刀をしつつ京四郎が告げると、お志津はうなだれ、伊佐治も正座をして頭をさげた。

お志津と伊佐治は深い仲になり、結託（けったく）して金を奪うことを計画した。盗人に入られたように見せかけたうえ、秩父講に罪を着せようとしたのだが、それが裏目に出てしまったのだ。

二千両奪ったうえに主を殺したとあって伊佐治は死罪、お志津は御白州(おしらす)に引きだされる前に首を括った。伊佐治の仕業(しわざ)でも手助けを受けたのでもない、正真正銘の自害だった。

お志津の寝間の床下から、二千両が見つかった。番頭の忠兵衛がその二千両を受け継ぎ、山城屋再建に奮闘している。

秩父講、帰雲金は、依然として賑(にぎ)わいを見せている。

いまのところ、詐欺騒ぎは起きていない。口に出す者はいないが、彼らの怪しさを感ずる者も少なくないのだが、日照院を憚(はばか)っているせいか、秩父講、帰雲金に調査の手を伸ばす者もいない。

松子は、せめてお志津が約束した南瓜の煮付けを京四郎に食べてもらおうと、馴染(なじ)みの小料理屋で調理法を教わっている。

しかし、いつまで経っても京四郎の舌を満足させる自信は生まれず、しばらく時がかかりそうだった。

第二話　斬り捨て放蕩息子

一

文月の十五日の昼さがりである。

相変わらず残暑が厳(きび)しい。陽光が大地を焦がし、蟬(せみ)は鳴きやまない。ただ、盛夏にわがもの顔で鳴いていた油蟬(あぶらぜみ)に代わって、蜩(ひぐらし)の鳴き声が耳朶(じだ)に響いているのが、かろうじて秋の訪れを感じさせる。

どうした気の迷いか、徳川京四郎は無性に働きたくなった。

それはいいのだが、具体的になにをすればいいのか思案が浮かばない。

こういう場合は、

「松子だな」

世情に通じる読売屋の女将(おかみ)なら、京四郎に合った生業(なりわい)を考えてくれるだろうと、夢殿屋にやってきた。

職を求めるのだから、いつもの華麗な小袖ではなく、紺地木綿の小袖に同色の袴、といった地味な装いである。それでも、涼やかな面相、品のある立ち振る舞い、ほのかに香る鬢付け油は、とうてい浪人には思えない。

京四郎から相談されると、松子は京四郎が暮らしに不自由を感じているのかと、例によって決めこんだ。

「まあ、これまでみたいな頼み賃じゃ不足なんですか。じゃあ、値上げしましょうよ。天下無敵の素浪人、徳田京四郎さまの名は江戸中に響き渡っていますからね、倍にしたって頼まれますよ。頼み事に不足はありません」

京四郎は右手を左右に振り、

「おれがやりたいのは、いまの萬相談じゃないんだ。萬相談の合間に、なにかやりたいんだよ。そんなに稼げなくたってかまわないぜ」

大真面目に返した。

「では、うちで読売や錦絵、草双紙を売ってはいかがですか」

松子は店内を見まわした。

「これをか」

錦絵を手に取り、京四郎は首を傾げた。

無敵浪人徳田京四郎の活躍を描いた錦絵である。片身替わりの華麗な着物で妖刀村正を振るい、涼やかな顔で群がる敵を斬りまくる。

「こんなもの、どの面さげて売れというのだ」

京四郎は苦笑混じりに、錦絵を放り投げた。

「ご自分でご自分の錦絵を売るのは、体裁が悪いですか」

錦絵を拾い、松子は肩をすくめた。

それには答えず、京四郎は書物を手に取った。大道芸人を特集したものであった。ぱらぱらとめくり、目を通す。

一人相撲、一人役者に目を止める。一人相撲は、土俵上の東西の力士をひとりで演じ分ける芸だ。

「一人芝居か」

京四郎はくすりと笑った。

右半身と左半身で化粧と衣装を違えて、二役を演じる。書物には、仮名手本忠臣蔵の高師直と塩冶判官を、ひとりの大道芸人が演ずる絵が描かれていた。

さらには独楽まわし、居合、声色などがあり、

「打ち込みか」

京四郎はつぶやいた。

「それだ、京四郎さま。きっとおもしろいですよ」

いかにも好奇に満ちた笑みで、松子が声をかけてきた。

「なんだ、おれにもできるのか」

京四郎は片身替わりの小袖に着替え、木刀を手に浅草寺にやってきた。松子から、人目を引く装いがよいと勧められたのだ。

左半身が浅葱色地に真っ赤な牡丹が、右半身は紅色地に龍が金糸で縫い取られ、紫の帯を締めていた。

参詣客は引きも切らないが、仲見世には多くの茶店や床店が建ち並び、奥山では見世物小屋や大道芸が鎬を削っている。

芸人たちの隙間に、京四郎は高札のような看板を掲げた。

打ち込み指南と題し、木刀で京四郎に打ちかかり、着物でもかすめたなら金一分を進呈する、と記した。一手十文という値段設定で、何度でも受けつける。

ど派手な着物に身を包んだ京四郎を本物の侍ではなく、役者が演じていると思

う者もいて、

「落ちぶれ役者か」

とか、

「なかなかの男前だぜ。ひょっとして偉い役者の女に手を出して、一座を首になったのかもな」

などと好き勝手に噂をしたあげくに、

「一発でも食らわせれば、一分だってよ。生意気な青二才の鼻柱(はなばしら)を、へし折ってやるぜ」

と、ひとりの男が京四郎に挑(いど)んだ。印半纏(しるしばんてん)に紺の腹掛け、一見して大工である。

男は大工仲間の声援を受けながら、

「兄ちゃん、打ち込みってのをやってやるぜ」

と、京四郎に声をかける。

「よかろう。十文だ」

京四郎は木箱に視線を落とした。男は財布から十文を取りだし、木箱に入れる。

「よく狙(ねら)えよ」

京四郎は木刀を男に渡した。

松子は、境内の片隅から一部始終を見守っている。ところが、洗い髪、薄紅の小袖に深草色の袴という松子は目立つ。客が途絶えることがあったら、自分が偽客になろうと待ちかまえているのだが、行き交う者から奇異な目で見られ、京四郎に近づきにくい。

松の木陰でなにをするでもなく、京四郎を見ているうちに、自分同様、遠目に京四郎のことを眺めている男がいるのに気づいた。

上等な結城紬の着物に羽織を重ね、白足袋に雪駄履き、一見して大店の主といった風だ。

大店の主が何用だ。なにか、おもしろくないことでもあったのか。それとも、打ち込みが物珍しいのか。

声をかけようかと迷っていると、その男は思いきったように京四郎に向かって歩きだした。

京四郎は、自分に向かって歩いてくる大店の主人風の男に怪訝な目を向けた。これまでの客とは、ずいぶんと様子が違うからだ。

——道でも聞かれるのか。

そう思って身構えてみると、

「もし、わたくしもお願い申しあげます」

と、一朱金を差しだしてきた。

「あんた、打ち込みをやるのかい」

意外な申し出に疑問の目を向けると、

「いけませんでしょうか」

男はおずおずと問い返した。

「金を払ったんだ。やればいいさ。それより、一朱は多すぎる。銭の持ちあわせはないかい」

京四郎に問われ、

「一朱分でやらせてください」

真剣な表情で、男は頼んできた。

一朱は二百五十文、つまり、二十五回分だ。だが、どう見ても剣術の心得などありそうにない。二十五度も木刀を振るえないだろう。

好きなだけやらせて、残金を返してやるか、と思いながら木刀を渡した。

男は木刀を持ち、構えた。案の定、持った途端に、よろよろとよろめくというまことに頼りないありさまだ。

足取りも覚束ない。構えもさまにならない。木刀など、振るどころか、手にしたこともないに違いない。

さきほどから、好奇心に満ちた目で様子をうかがっていたことからして、物珍しくなり自分でもやってみたくなったのだろう。

ともかく、相手は客だ。怪我をさせないようにしなければならない。

「さあ、どこからでも、かかってこい」

京四郎は両手を広げて胴をさらした。

男はうなずくと、羽織を脱ぎ足元に置いた。値が張りそうな上物だが、気にもとめない。よほどの金持ちなのだろう。

「ええい」

やおら、木刀を振りおろしてきた。身体の均衡が崩れ、そのまま前のめりになった。すぐに上体を起こし、

「たあ！」

今度は横から胴を狙ってきた。しかし、動作が緩慢なうえに、太刀筋も鈍いとあって、避けられないほうが不自然というものだ。

なんなく京四郎が後ろに避けると、男はまたも身体を大きくよろめかせた。

だが諦めることなく、

「まだまだ」

と、突進してくる。これも京四郎は、さらりとかわした。

とうとう男は前のめりに転んでしまい、紬の着物に泥が付着した。

「おい、もうその辺にしておけ。怪我をするぞ」

京四郎が気遣うと、

「いえ、まだでございます」

乱れた髷で、泥のついた頬をゆがめながら、男は肩で息をした。

「いや、やめたほうがよい。金なら返すから」

受け取った一朱金を手のひらに載せて、差しだした。

「金はいりません」

言うや、男は木刀を手に、突っかかってきた。しかたなくこれもかわすと、男はまたも転倒した。

それでも諦めることなく、五回ほど木刀を振るったところでへたりこんだ。

どうにか無事に済んだか。

正直、ほっとした。男は額から汗を滲ませ、

「ありがとうございました」

と、ぺこりと頭をさげた。

「なんの、怪我はないかい」

「ございません。着物が汚れたくらいです」

男は乱れた髷を調え、着物についた泥を払った。次いで、無造作に脱いである羽織を拾うべく腰をかがめたとき、突如として苦しげに顔をゆがませ、胸を押さえしゃがみこんだ。

だから、言わないことではない。

京四郎は男に駆け寄り、抱き起こした。男は苦しそうな顔のまま、

「だ、大丈夫でございます」

答えたものの、その顔は蒼ざめていた。

「家はどこだ」

「蔵前でございますが」

「よし、肩を貸すぞ」

「いいえ、滅相もございません」

男は立ちあがったそばから、よろめいた。

「ほら見ろ。無理するな」

様子を見ていた松子もやってきて、

「遠慮することはありませんよ」

と、言い添えた。

突如、現れた袴姿の女に戸惑(とまど)いながらも、

「すみません」

京四郎と松子の好意に甘えることにしたのか、男はおとなしくなった。

二

男の家は、蔵前の札差(ふださし)、扇屋(おうぎや)だった。

案の定、そこの主人の五兵衛(ごへえ)が、男の名であった。

蔵前通り沿いに軒(のき)を連(つら)ねる幕府の米蔵(こめぐら)近くに、札差は数多くある。御米蔵は浅草、大川の右岸に沿って埋めたてられた、総坪数三万六千六百五十坪の土地に建ち並んでいる。北から一番堀より八番堀まで、舟入り堀が櫛(くし)の歯状に並び、五十

四棟二百七十戸の蔵があった。

切米が支給される二月、五月、十月の支給日には、旗本、御家人といった幕臣たちのほか、米問屋、米仲買人や運送に携わる者でごった返す。

幕臣たちは支給日の当日、自分たちが受領する米量や組番、氏名などが記された米切手を、御蔵役所に提出した。

入り口付近に、大きな藁束の棒が立ててあり、それに手形を竹串にはさんで順番を待った。これは「差し札」と呼ばれており、幕臣たちは支給の呼びだしがあるまで、近くの水茶屋などで休むのが普通であった。

なかなかに、面倒な作業である。

そこで、札差という商売が起こった。幕臣たちに代わって切米手形、すなわち札を差し、俸禄米を受領して、米問屋に売却するまでの手間いっさいを請け負う商いだ。

札差たちは、米の支給日が近づくと得意先の旗本や御家人の屋敷をまわり、それぞれの切米手形をあずかっておく。御蔵から米が渡されると、当日の米相場で現金化し、手数料を差し引いた残りの金を屋敷に届ける。

迎えに出た店の者に事情を説明し、とりあえず五兵衛を託すと、京四郎と松子は、引き留められるようにして店の裏手にある母屋の客間に通された。

「札差のご主人とは、畏れいりましたね」

豪勢な調度品で飾られた座敷を、松子は物珍しげに見まわした。

山水画の掛け軸、青磁の壺が飾られ、香炉からは品のある香りが立ちのぼっている。畳は青々とし、塵や埃ひとつ落ちていなかった。

「豪勢な暮らしぶりだな」

京四郎も目を見張った。

ふと、紀州の暮らしが思いだされる。

農民たちは、必死の思いで年貢を納めていた。彼らの血の滲むような苦労の成果である米を、札差たちは商いの道具にしているのだ。

五兵衛とは今日初めて顔を合わせ、恨みもつらみもない。だが、過去の思い出から、つい非難めいた気持ちを抱いてしまう。

「こんな暮らしをして、なんで京四郎さま相手に、打ち込みなんかやったんですかね。まさか、一分の金欲しさということはないでしょう」

松子は小首を傾げた。

「金欲しさじゃないだろうさ」

「じゃあ、なんでしょうね」

「さあな。分限者(ぶげんしゃ)には分限者なりの鬱憤(うっぷん)が溜まっているのかもしれないぞ」

出された茶に口をつけてみると、芳醇(ほうじゅん)な味わいだった。あたかも、舌がとろけてしまいそうである。松子は頬(ほお)をほころばせ、普段の茶とはまったくの別物ですよ、と感心しておきながら、

「世の中、間違っていますよ。だって、そうでしょう。こんな豪勢な暮らしをする者もいれば、その日暮らしの連中も珍しくはないんですからね」

と、批難がましい言葉を口にした。

「ぼやくな」

京四郎が失笑したところで、ふたたび五兵衛が姿を見せた。五兵衛は顔色もよくなり、にこにことしながら、

「大変にお世話になりました。これは、ほんの少々でございます」

と、紙包みを、京四郎と松子の前にそれぞれ置いた。

「あら、すみませんね」

松子は破顔し、即座に紙包みに右手を伸ばす。五兵衛に対し、非難めいた言葉を並べていた人間とは思えない豹変(ひょうへん)ぶりは、まさに松子の性格を物語ると同時に、

金の持つ魔力を思い知らされる。

「どうぞ、おおさめください。せめてもの気持ちでございます」

「では、遠慮なく」

京四郎が受け取ると、松子はぺこりと頭をさげた。

「いやあ、慣れぬことをするものではございませんな。もともと心の臓が弱かったので、お医者からは無理をするなと、日頃からやかましく注意を受けておりますのに……あのような無様なことをしてしまいました」

五兵衛は照れ隠しの笑いを浮かべた。

「なにか、おもしろくないことでもあったのかい」

京四郎が問うと、五兵衛は目を伏せた。

「ええ、まあ、その、申しあげにくいのですが、倅を亡くしたのでございます」

一瞬、言葉を詰まらせたものの、松子は好奇心が勝ったのか、

「病ですか」

と、確かめた。

五兵衛は、うつむきかげんに首を横に振った。

「いいえ、殺されました。斬って捨てられたのでございます。皐月の二十日のこ

とでした」

「それは……」

さすがの松子も言葉を飲みこんだが、それでも読売屋としての興味が湧いたようだった。

「斬られたということは、相手は侍ですね」

「そうです」

「なにが原因なんです」

松子は目を輝(かがや)かせていた。札差の息子が侍に斬られた……読売のネタになるかもしれないと嗅ぎつけたようだ。

「無礼討(ぶれいう)ちでございます」

消え入るような声で、五兵衛は付け加えた。

ここに至って、京四郎も興味を覚え、

「くわしく聞かせてくれ」

と、頼むと、五兵衛は小さく首を横に振り、

「よけいな話をしてしまいました。これで失礼いたします」

答えずに両手をついた。安易に話はできないということなのだろう。

「ま、待ってください」

名残惜しそうに松子は言葉をつなごうとしたが、京四郎は、五兵衛の気持ちを斟酌し、

「じゃあな」

そそくさと腰をあげた。

扇屋を出たところで、

「天下無敵の素浪人、徳田京四郎さま登場、となりますよ。息子を無礼討ちにした憎き侍を成敗してくださいい、息子の仇を討ってくださいって」

松子は扇屋を振り返った。

それを無視して、京四郎は足早に歩いていく。あわてて松子は追いかけてきて、ふと袂に入れた紙包みを取りだした。

「すごい！　小判で五両ですよ」

小判を手に取り、頭上に翳す。山吹色の輝きに「ありがたいねえ」と、感嘆の声をあげてから、

「さすがは札差ですね。ちょいと肩を貸しただけで五両。これが、倅の恨みを晴

らして差しあげますよと持ちかければ、五十両……ひょっとして百両になるかもしれませんよ。それに、贔屓にしているであろう高級な料理屋で、贅を尽くしたお料理にありつけます」

松子は興奮で声が上ずっている。

捕らぬ狸の皮算用は、松子の常である。

「倅の仇討ちをしたいと願っているかは、まだわからないだろう」

京四郎は釘を刺したが、

「そりゃ、そうですがね。その可能性は大きいと思いますよ。少なくとも、探りを入れる値打ちはありそうです」

松子が踵を返そうとしたとき、扇屋のお仕着せに身を包んだ男がやってきた。

男は京四郎に向かって、

「お侍さま、主が申し忘れたことがあるので、お戻りいただけまいかと申しておるのですが」

と、ていねいに頭をさげてきた。

「かまわんが」

怪訝な表情を浮かべる京四郎の横で、松子は得意そうに何度もうなずく。

「しかたないですねえ。じゃあ、戻りますか」

「申しわけございません。こちらのお侍さまだけでございます」

店者から、丁重ながらもきっぱりと断られてしまった。

松子は頬を膨らませながら、

「では、あたしはこれで」

鼻を鳴らし歩きだした。

拗ねてしまった松子のことなど、もはや京四郎の頭の中にはなく、五兵衛の謎の用件に好奇心を疼かせていた。

三

ふたたび客間に通されると、今度は茶と菓子といったもてなしではなく、膳に酒がついていた。箸も猪口にも手をつけないで五兵衛を待っていると、

「お引き止めいたし、まことにあいすみません」

現れた五兵衛は慇懃に頭をさげ、銚子を手にした。

「まずは、一献どうぞ」

「いや、用向きを聞こう。わざわざ、おれを引き戻したところからすると、よほどの事情なのではないのか」

京四郎はやんわりと制し、あらためて紀州浪人、徳田京四郎と名乗った。五兵衛は居住まいを正し、

「じつは徳田さまを見込みまして、お願いがあるのでございます」

「………」

目で話の先をうながす。

「さきほど申しました倅のことでございます。倅の重太郎は一粒種で、今年二十五になっておりました。そろそろ店を譲って、隠居したいと考えておったところだったのです。それが……」

五兵衛は、ここで言葉を止めた。息子のことを思いだしたのだろう。気をうつむき、こらえるように口を閉ざすと、目に涙を滲ませた。それから、気を取り直したように顔をあげ、

「それが、日本橋の浮世小路にある料理屋で寄合があった帰り道、お旗本の牧野源次郎さまと些細なことから口論となり、斬り捨てられたのでございます。さきほど申しましたように、無礼討ちでございました」

五兵衛は唇を噛みしめた。

「気の毒であったな」

慰めの言葉が出てこない。

「相手は御直参、手前どもは商人でございます」

「だからと申して、理不尽な無礼討ちなら、いくら相手が直参旗本でも許されないぞ。町奉行所に訴えるなり、目安箱に投書したらどうだ。あんたは、天下の札差だ。町奉行所や公儀も無下にはしないさ。それに、あんたならしかるべき公儀の筋に、いくらでも手蔓を持っているだろう」

実際、無礼討ちが成立するには、町人から罵詈雑言や無礼な振る舞いがあったことを目撃した証人が必要だった。いくら武士でも、理不尽に町人を斬っていいものではない。酒に酔った勢いで刀などを抜いて暴れれば、それ相応に罪を咎められるのは避けられない。

「おおせのとおりでございます」

「ならば、そうしな」

突き放した物言いを前に、五兵衛は首を横に振った。

「ですが、わたしには、それはできません」

思いつめたような顔つきが気になる。

「どうしてだ」

「牧野さまは、扇屋のお得意でございます。倅と口論に及んだのも、わたくしどもが牧野さまからの借財の申し出をお断りしたからなのです」

江戸開府から時代を経るにつれ、幕臣たちの暮らしは困窮していった。

収入は、父祖伝来の固定した家禄のみである。物価の上昇などに対応できなくなった幕臣も増えていた。

そこで幕臣たちは、蔵米を担保にして金を借りるようになった。

その際、借入先として都合がよかったのが札差だ。自邸に出入りしている札差に借金をし、札差は蔵米の支給日に売却して得た金から、手数料と借金の元利を差し引き屋敷に届ける。

こうして札差は、金融業者としての性格を強めていった。

「商い上のことで無礼討ちにしたとあっては、牧野の罪を問えるぜ」

「そうですが……」

五兵衛の言葉は、なんとも歯切れが悪い。

「どうした。なにか腹に含むものがありそうだな」

五兵衛の本音を探るべく、杯を差しだした。五兵衛は蒔絵銚子を向けながら、

「牧野さまに死んでいただきたいんです」

暗い目で、ぼそっとつぶやいた。

一瞬の沈黙のあと、

「ほう、そういうことか」

京四郎は杯を飲み干した。

口に出したことで吹っきれたのか、今度ははっきりと五兵衛も言いきる。

「牧野さまを斬ってください。倅の恨みを晴らしてください。御公儀に訴えて、御奉行所か評定所で牧野さまが裁かれるのを待ってはいられませんし、牧野さまが死罪を賜るともかぎりません」

身体を震わせ、五兵衛は唇を嚙んだ。

「頼みとはそのことか」

「さようにございます」

「それで、おれの技量を確かめたか」

「申しわけございません」

と、詫びてから興奮した口調で続けた。

「手前は、倅を失ってからというもの、生きた心地がしておりません。牧野さまがこの世におられるかぎり、この病が平癒するものではないと存じます。どうぞ、お引き受けください」

「そもそも、牧野とは何者だ」

「直参旗本二千石、三河以来の名門ながら現当主の源次郎さまは目下、小普請組、つまり非役でございます」

「それゆえ、借財を申しこんできたのだな」

名門旗本と言っても、暮らしは苦しいのだろう。

「さようにございます。むろん、大事なお得意さまですから、これまでにもたびたび金子をご用立てしてまいりました。ところが、返済されることはなく、ずるずると掛金は溜まる一方となっております。倅が断ったのは、ちゃんとした理由があったのでございます」

「それだけに、牧野の理不尽が許せないってわけか」

「牧野さまの屋敷は、浅草にございます。期限はもうけません。金百両でいかがでしょう」

ずばり、五兵衛は条件を言った。

「百両とはすごいな」

こうなってみると、松子の鼻はたしかだったようだ。

「お引き受け願えませんでしょうか」

「考えさせてくれ」

「あの、引き受けてくださらなければ、このこと……」

「他人に漏らすことはない。おれも浪々の身にあるとは申せ、武士の端くれだからな。武士に二言はないってやつだぜ」

京四郎は目に力をこめた。

四

帰宅途中、夢殿屋の暖簾（のれん）をくぐった。

残暑厳しいが、さすがに夕暮れともなると風が涼しく、赤蜻蛉（あかとんぼ）が目立つ。

京四郎を待っていたように、

「こっち、こっちですよ」

松子が小座敷から顔をのぞかせた。

「なんだ、ずいぶんと陽気だな」

松子の顔は、酔いで火照っていた。

「京四郎さまが、いい土産話を持って帰ってくれるって踏んだんですよ。どうです、そうでしょ」

京四郎は座敷に入った。

大柄な浴衣がけの男が座っている。

助右衛門といって、力士だった。

この時代、力士は大名のお抱えである。助右衛門は大坂の九条村に生まれ、肥前大村藩お抱えだった。順調に出世し、前頭筆頭にまでなったが、あるとき対戦相手の大関に負けろと藩の重役から耳打ちされた。

相手は、老中を務める松崎淡路守のお抱え力士、嵐山為次郎だった。

助右衛門は上役の命令をいったんは承諾したが、土俵で為次郎の顔を見ると、そんな命令は忘れてしまったという。

助右衛門は立ち合いざま、張り手を見舞った。為次郎は裏工作のせいで慢心していたのか、油断しきりだった。まともに助右衛門の張り手を食らい、土俵に沈んだ。

土俵は沸かせたが、助右衛門は重役から叱責を受けた。

だが、「相撲取りが土俵の上で相手を倒して、なにが悪い」と啖呵を切って、相撲部屋を飛びだしたという。

ところが、力士を廃業し、路頭に迷った。空きっ腹に耐えられず浅草の蕎麦屋、不老庵で無銭飲食をした際、店内で起きた喧嘩騒ぎをおさめて、京四郎や松子と知りあった。

助右衛門の朴訥とした人柄を、京四郎と松子は気に入り、ある事件を一緒に解決した。助右衛門は不老庵に雇われ、薪割りや蕎麦打ちをやるかたわら、京四郎の萬相談を手伝うこともある。

助右衛門は、上機嫌に飲んでいた。梅干しのような小さな目のまわりが、ほんのり赤らんでいる。かたわらには、五合徳利が転がっていた。

「たしかに金にはなりそうだ」

京四郎はどっかと腰をおろした。

「やっぱりだよ」

自慢げに、松子は助右衛門を向く。

「ごっつあんでおます」

あたかも自分が儲かったかのように、助右衛門は酒を追加した。

「で、五兵衛さんの話はなんでした」

「おまえの考えどおりだったよ」

答えつつ、京四郎は助右衛門から猪口を受け取った。

「やっぱり、図星だったでしょ」

松子は、助右衛門と顔を見あわせた。

「いくらでおました」

いまや助右衛門は、舌舐めずりせんばかりの勢いだ。

「百両だ」

正直に打ち明けると、途端に松子と助右衛門の目が輝いた。

「松子姐さん、料理、どんどん持ってきておくんなはれ」

と、助右衛門が喜びの声を投げかける。

「おい、気が早いぞ」

京四郎が制したが、

「いいや、前祝いですわ」

助右衛門は嬉しさを隠せないようだ。

「そうですよ」

松子も賛同したが、

「得意の、捕らぬ狸の皮算用だな」

京四郎がくさすと、得意じゃありません、と否定してから、

「旗本のひとりやふたり、京四郎さまなら成敗するのはわけありませんよ。及ばずながら、あたしたちも手助けしますよ。仇の旗本の身辺を嗅ぎまわります。ねえ、助右衛門さん」

松子は助右衛門に賛同を求めた。

「ほんまですわ」

助右衛門の巨体が揺さぶられた。

「……で、誰が問題の旗本を斬るんだ」

京四郎は真顔になった。

「誰がって、決まっているじゃありませんか。京四郎さまの腕なら心配ないですって」

「お気楽なもんだな」

「でも、引き受けたんでしょ」

執拗に食いさがり、松子は徳利を持ってきた。

「考えてみる、と答えただけだ」

「考えることなんかありませんよ。牧野何某は、直参旗本を笠に着て、理不尽にも町人を斬り捨てたんでしょう。五兵衛さんの気持ちを汲み取ってやってくださいよ」

松子は口調を強めて説得にかかった。

そこへ、

「お待ちどお」

鱚の天麩羅と刺身の仕出しが届いた。

「こりゃ、豪勢でんな」

ますます助右衛門は、梅干のような目を細めた。

松子が京四郎の煮えきらない態度を責めつつ、わけを聞いた。

「五兵衛にしか事情を聞いていないからな。牧野には牧野の言い分があるかもしれん。それを確かめないうちに、斬ることはできん」

京四郎が断言すると、理解できない、と松子はむくれ、助右衛門は恨めしげな顔になった。

「まあ、飲め」

徳利を向けると、

「いい話ですけどね」

と、名残惜しそうに、松子はつぶやいた。

そこへ、岡っ引が姿を見せた。でか鼻の豆蔵だ。

二つ名の由来は、その大きな鷲鼻。小柄な身体ゆえ、よけいに目立っている。

とはいえ、岡っ引としては優秀で、それゆえさまざまなネタを嗅ぎあてる。あたかも大きな鷲鼻が、ネタを嗅ぎあてる才能を象徴しているかのようだ。

十手にものを言わせて読売になりそうなネタを集め、松子に高い値で買い取らせる。

決して親しくなりたくはないが、貴重なネタ元だと割りきって、松子は付き合ってきた。

「なんだ、いい稼ぎがあるっていうじゃねえか」

豆蔵も機嫌がいいのか、鼻歌混じりだ。

「そうなんですよ」

身を乗りだそうとした松子だが、京四郎の目を気にしてか、口をつぐんだ。

「聞かせてくれよ」

豆蔵は、猪口代わりの湯飲みを差しだした。松子が酌をしながら、

「京四郎さまが引っかけてきてくだすったんですよ。蔵前の札差扇屋の主、五兵衛さんから頼まれたんです」

五兵衛と会った経緯から、仇討ちの依頼までをかいつまんで語った。

「百両とは豪儀(ごうぎ)なもんだな」

豆蔵が言ったものだから、

「親分もそう思うでしょう」

すかさず松子は言い添えた。豆蔵はまたも無視して、

「京四郎さまは躊躇(ためら)っておいでなんですか」

「五兵衛の言い分だけを鵜呑(うの)みにして、見知らぬ他人を斬ろうとすることに、気が進まないんだ」

「なるほど、京四郎さまらしいや」

鷲鼻を鳴らし、豆蔵はぐびっと湯飲みに入った酒を飲んだ。

「わかりました。あっしが探ってみましょう」

豆蔵が京四郎に申し出る。

「たしかに金が絡む話だったら、悪徳岡っ引の豆蔵の出番だな」

京四郎がからかうと、豆蔵は苦笑いを浮かべた。

五

その翌日、松子は助右衛門を手伝い、不老庵の掃除をしていた。助右衛門は薪割りに精を出し、松子は箒でゴミや葉っぱを掃いている。

「助右衛門さん、ゆんべの話、どう思う」

松子に聞かれた助右衛門は、手を止めることもなく、

「札差の一件でっか」

「そうよ。このまま、指をくわえて見ていていいものですかね」

「ですけど、豆蔵親分が探るってことになったやおまへんか」

助右衛門は薪割りを続けながら返した。

「こんないい話はめったにないよ。放っておいたら、誰かが横から掠め取ってしまうわ」

松子の言葉に、助右衛門の手が止まった。松子は続けた。

「五兵衛さんだって、いつまでも待ってやしないわよ。京四郎さま以外にも腕の立ちそうな浪人を雇うんじゃないの。のんびりかまえている間に、鳶に油揚げじゃないけど、横取りされてしまうかもね。だったら、助右衛門さんが名乗り出ちゃってもいいんじゃないの」

松子の提案に助右衛門はうなずくと、割った薪を庭の片隅に積みだした。

仕事を急いで終えた助右衛門は、あとを松子に託して、急いで蔵前の扇屋を訪れた。店で五兵衛を呼んでもらうと、すぐ母屋にまわれと告げられた。

裏庭で待っていると、

「あなたですか、夢殿屋の松子さんの紹介という方は」

五兵衛が、裏木戸をくぐって歩いてきた。昨日のようなにこやかさはなく、どこか探るような目だ。

「へえ、松子姐さんに聞いてきやした」

五兵衛は怪訝な表情を浮かべながら、

「あいにくと、下働きは間に合っておるんだがね」

どうやら、助右衛門の巨軀を見て、力仕事の口を求めてきたと思われているらしい。

「いや、そうやおまへん」

助右衛門は大きくかぶりを振った。

「違う、と言うと……」

「息子さんの仇討ちですわ」

五兵衛は言葉を飲みこんだ。

「……あんた、どうして、そのことを」

「松子さんから聞いたんですわ」

「あの方には言ってはおらんが」

「徳田さまがひとり呼び戻されたんで、松子さんは気になって、庭にひそんで盗み聞きをしたらしいですわ」

京四郎に聞いたとは言えない。咄嗟に話を作った。怪しまれるかと思ったが、五兵衛はあっさり受け入れてくれた。

「そうなのですか。それで、あんたが……」

「ええ、わてがお役に立とうと、やってきましたのや」

「あんた、腕っ節は強そうだが……」

「わては見てのとおり、相撲取りやったんですわ。腕っ節には自信おます。ほんでも、剣のほうはさっぱりです」

助右衛門は正直に打ち明けた。

「それで、役に立とうというのかね」

皮肉げに、五兵衛は唇の端をゆがめた。

「刀は使えまへんが、侍のひとりやふたり、この腕で叩きのめしてみせますわ」

助右衛門は、浴衣の袖をめくりあげた。二の腕に隆々とした筋肉が盛りあがる。

五兵衛は目を凝らしていたが、

「その瓦で試してごらん」

と、風呂の脇に積んである瓦を見やった。助右衛門はうなずくと、

「ほんなら失礼して」

瓦に向かって歩いていく。五兵衛はその様子を、好奇心に満ちた目で見ている。

十枚の瓦が積みあがったところで、

「旦那さん、いきまっせ」

助右衛門は大きく息を吸いこむと、

「ええい！」

ひときわ大きな声を発し、拳を振りおろした。

凄まじい音とともに、瓦は砕け散る。そう、それは、まさしく砕けたというのが相応しい。瓦の原形は、まるで留めていない。

「相手が人なら、無事では済まないな。いや、息をしておらんだろう」

五兵衛は、砕けた瓦の破片を取りあげた。

「おわかりいただけましたか」

心持ち得意げに、助右衛門は問いかける。

「もちろんだ。これだけすごい技をお持ちなら、倅の仇、見事に討ってくれることだろう」

五兵衛は大きくうなずいた。

「ほんなら、百両ですね」

へへへ、と笑う助右衛門に向けて、

「引き受けてもらいましょう」

五兵衛は真剣な目をした。

文月二十日になっても、助右衛門は夢殿屋に顔を出さなかった。五兵衛の頼みを引き受けようと扇屋に出かけてから、すでに四日が経っている。

松子の胸は騒いだ。

いったい、どうしたのだ。

うまく五兵衛の依頼を受けることができて、牧野を狙っているのだろうか。

それなら、結果でも途中経過でも、松子に話すはずだ。

それがいまになっても姿を見せないというのは、なにかあったとしか考えられない。

ひょっとしたら、五兵衛から百両のうちのいくらかを前金として受け取り、それで岡場所にでも行って遊んでいるのかもしれない。

そんなことを考えていると、暖簾をくぐって京四郎がやってきた。今日も役者が裸足で逃げだすであろう片身替わりの派手な装いで、木刀を持っている。

五兵衛の一件が、どうにも気になることを話した。

「京四郎さまのもとには、まだ親分から報せは来ていないんですか」

「そこまで日が過ぎているわけでもない。豆蔵でも調べ尽くせないいさ」

首を傾(かし)げ少し思案したが、京四郎にも妙案は浮かばない。

ともかく打ち込みの大道芸をする、と言って、店を出て浅草に向かいはじめた。

追いすがるように、松子が走り寄ってきて、

「お手伝いに行きましょうか」

馬鹿に愛想がよい。

「不要だ」

振りきるように、足早に歩きだした。京四郎の背を見つめながら、松子は恨めしげに立っていた。


浅草寺に着き、打ち込み芸をはじめた京四郎であったが、昼九つを過ぎた段階で、客が途切れた。今日の稼ぎは二朱といったところか。まずまずと言えよう。あまり欲をかいてもしかたない、と思っている。

すると、

「京四郎さま」

松子がやってきた。

「もう、終わりだぞ」

乾いた声を出した京四郎に、松子は顔を輝かせた。

「そいつは、ちょうどいいですよ」

「どうした。なにか魂胆がありそうだな」

「ええ、ちょいとご相談が」

松子はまわりを見まわした。京四郎たちに注意を向けてくる者はいない。

「なんだ」

警戒の目を向けると、

「助右衛門さんのことなんですよ」

松子は顔を曇らせた。

「助右衛門がどうした。しばらく顔を見せてないのか」

「ええ、そうなんですよ」

松子の暗い表情が深まった。

「どうした、そんなに心配か。いままでだって、同じくらい間が開くことはあったろう」

「じつは、扇屋に行ったんですよ」

松子はぺこりと頭をさげると、助右衛門が単身乗りこんだことを白状した。

「馬鹿、様子見をするって言ったじゃないか」

さすがに腹が立った。

「申しわけございません、そのことは謝りますから、勘弁してもらって、助右衛門の所在を探してほしいんです」

松子は両手を合わせた。

「……しかたない。五兵衛のところに行ってみるか」

「すんません。あたしひとりじゃ心細くて……京四郎さまと一緒に行ったときも、あたしだけ先に帰されちゃいましたからね。扇屋さん、あたしを女だと思って見くだしているんですもの」

「わかった」

文句はあるものの、たしかにこのまま放ってはおけない。

「面目ありません」

珍しく松子は、しおらしく頭を垂れた。

その足で扇屋に向かい、着いたところで、

「おまえは、ここで待っていろ」

京四郎に言われ、松子はあっさりとうなずいた。

女だから舐めている、と五兵衛を批難した松子であったが、面倒事は嫌なようだった。

店の者に訪問を告げると、裏にまわるよう言われた。

すぐに、五兵衛が裏木戸から出てくる。客間にあげる気はないようだ。

ずいぶんと扱いがぞんざいになったものだが、そんなことは気にならなかった。

それよりは、助右衛門の行方である。

「これは、徳田さま。今日は何用でございますか」

五兵衛は探るような目を向けてくる。

「数日前、こちらに助右衛門という相撲取りのような男……いや、実際に元相撲取りなのだが、その男がやってきただろう」

京四郎の問いかけに、

「はて……助右衛門さん」

五兵衛は小首を傾げた。

「来ただろう」

「さあて、そのようなお方、いらしたことはございませんが」

今度は、五兵衛はきっぱりと否定した。

「そうか、来なかったのか」

京四郎が拍子抜けしそうになったところで、

「それより倅の仇討ち、ご検討くださいましたでしょうか」

五兵衛は一転して、表情を強張らせた。

まだ、牧野についての調べがついていない。返事に窮していると、

「お引き受けしてはいただけませんか」

失望を禁じえないように、五兵衛は肩を落とした。

「まだ、牧野は元気なのだな」

思わず、頓珍漢なことを聞いてしまった。

「はい。いたってお健やかであられます」

その物言いは、皮肉に満ちていた。

「お引き受けしていただけますか」

「いや、いま少し考えてみる」

そう言い残し、京四郎は店の表に戻ってみると、やや離れたところで松子が待ちかまえていた。

「どうでした」

期待をこめて聞いてくる。

「助右衛門は来なかったそうだ」

京四郎は、五兵衛が話したままを語った。

「そんな馬鹿な」

恨めしげに、松子は扇屋の分銅(ふんどう)の看板を見た。

「そんなことってありますかね」

「五兵衛はそう言っている」

「本当だと思いますか」

「わからん。わからんが、五兵衛に嘘をつく理由があるか」

「牧野さまを狙っているのを、知られたくないんじゃないですか」

「しかし、おれには打ち明けて、殺してくれと頼んだのだぞ。いまも、引き受けてくれとしつこく頼んできた」

「ひょっとして、助右衛門さん。牧野さまに殺されたんじゃないですかね」

怖気(おぞけ)を震(ふる)い、松子は目を白黒とさせた。

「おいおい、勝手な想像で右往左往するな」

京四郎は失笑した。

「そりゃそうですけど、ほかに考えようがないじゃありませんか」

口を尖らせ、松子は訴えかけた。

「おれに突っかかるな。まあ、落ち着け」

右手をひらひらと振って、京四郎は松子を宥める。

「すみません。でも、おかしな話ですよ」

「まだ、なんとも言えん。案外と夢殿屋に戻ったら、ひょっこり帰っているかもしれんぞ」

「そうかもしれませんね」

自分を納得させるように、松子はうなずいた。

六

夢殿屋の暖簾をくぐってみたが、当然のことながら助右衛門は顔を出していなかった。

いよいよ松子は、悲痛な顔で京四郎を見た。

「豆蔵は来たか」

京四郎が、夢殿屋の奉公人に問いかける。

「ええ、いま奥に」

「わかった」

京四郎と松子は、小座敷に向かった。

「京四郎さま、お帰りなさい」

まるで自分の家のようにくつろいで、豆蔵はすでに一杯飲んでいた。

「助右衛門が消えてしまったんだ」

「そのようですね」

夢殿屋の奉公人から聞いたそうだ。豆蔵は松子に向かって、

「おおかた、五兵衛が出す百両欲しさに、牧野さまを狙いにいったんじゃないのかい」

「お察しのとおりですよ」

松子は、自分と助右衛門で百両を得ようとした経緯を語った。その話を京四郎が引き継ぎ、

「それで、扇屋に行ってみたんだが、五兵衛が申すには、助右衛門は来ていないというのさ」

「たしかに妙な話ですね」

「親分、助右衛門さんの行方探してくださいよ」

必死な松子の訴えに、豆蔵は鷲鼻を手でさすりながら答えた。

「心あたりは、扇屋くらいなんだろ。それじゃあ、いかにも材料不足だな」

「あんな大きな男だ。どこへ行ったか、わかりそうなもんじゃないですか」

「なら、姐さんが探せばいいじゃござんせんか」

さすがに豆蔵も、むっとした。

「まあ、いまは助右衛門の話は置いておき、豆蔵の報告を聞こう」

諭すように京四郎が言うと、松子もそれきり口をつぐんだ。

豆蔵はぐびりと酒で舌を湿すと、

「ひととおり、聞き込みをしてきましたぜ」

すでにその顔は、岡っ引の鋭さを示していた。

「まず、殺された倅の重太郎ですがね。こいつは、とんだ放蕩息子だったようですよ」

「放蕩……」

意外な気がした。

五兵衛の話から受けた重太郎の印象は、商売熱心で真面目な若旦那といった風だった。

「もう、三日にあげずの吉原通い。それはもう、放蕩を尽くしていたというか、父親の五兵衛も愛想を尽かしておったそうですよ」

松子も意外な気がしたのだろう。

「じゃあ、どら息子じゃありませんか」

「だから、放蕩息子だって言ったでしょう」

当然のように豆蔵に返され、松子はますます怪訝そうな表情となった。

「五兵衛は、そんな息子の仇討ちをしたいんですかね」

「そりゃ、実の息子ですよ。いくらできが悪くても、殺されたとあっちゃあ、相手を恨みたくもなりますよ。それに、そんな子どものほうがかわいいと思う親だって、たくさんいるでしょう」

豆蔵は、文句あるかとでも言いたげだ。

「そりゃ、そうでしょうがね」

松子は小さくため息を吐いた。

「それで、牧野に殺された経緯は」

京四郎は話を引き戻した。

「殺されたのは吉原ですよ」

「日本橋じゃないんですか」

またもや、松子が口をはさんだ。京四郎は顔をしかめ、「黙って聞けよ」と吐き捨ててから豆蔵をうながす。

「吉原の遊郭で遊んでいて、たまたま同じ遊郭で遊んでいた牧野が厠に立ったときに、牧野の肩にぶつかった。ところが、すでに泥酔していた重太郎は、謝りもしなかった。それで、牧野は武士の沽券にかけて手討ちにした……というのが実際のところらしいですぜ」

そこまで話して、喉が渇いたと豆蔵は酒を追加した。

京四郎がおもむろに、

「五兵衛は商売上のこと、商売熱心なあまりの行為があだになったと言っていたが、真っ赤な嘘ってことか」

「五兵衛さんは、都合の悪いことは隠していたんですよ。まったく、腹黒いっていうか、札差というのはこれだから信用できませんよ」

松子は豆蔵の探索を鵜呑みにし、これまでと一転、五兵衛を批難した。変わり身が速いのも、松子の特徴だ。

うなずきながら京四郎は、誰にともなく考えを述べる。

「それで五兵衛の奴は、評定所へも奉行所へも訴えなかったんだな」

「違いありませんよ。このままじゃ牧野さまに罰を与えられないもんだから、裏の手に頼ったんですよ。あの、狸め。まんまと騙されるところだったわ」

松子は、五兵衛に対する怒りをあらわにした。

「だが、五兵衛が牧野を殺したいって気持ちは、嘘じゃないってことだな」

淡々と京四郎は言った。

「京四郎さまのおっしゃるとおりで」

豆蔵もうなずく。

「で、牧野源次郎の評判はどうなのだ」

あらためて京四郎は聞いた。

「まず、牧野家ですがね、禄高は二千石、三河以来の名門旗本ですよ。お父上は長崎奉行や勘定奉行をお務めでした。ご立派な家柄ですね。おっと、京四郎さまとくらべたら、たいしたことござんせんがね。で、いまのご当主、源次郎さまは妾腹でして、嫡男の源左衛門さまが流行り病で亡くなられ、養子入りして家督をお継ぎになられたのが十年前だそうですよ。いまのところ非役ですが、なかなか優秀と評判のお方ですぜ」

「歳は」

「三十七歳です。評判は上々、理不尽に無礼討ちなどをする人物ではないということでした」

どうやら豆蔵は、牧野側に肩入れをしているようだ。

「ということは、やはり、重太郎のほうに非があったと考えていいのだな」

京四郎は念を押した。

「そういうこって」

豆蔵は鷲鼻を、ひくひくと動かした。

「とはいっても、五兵衛にしたら納得できるものではないだろうな。できの悪い息子ほどかわいい、と言うからな」

京四郎の言葉を受け、豆蔵は意外なことを語りだした。

「その五兵衛なんですがね、重太郎を勘当にしたいって、店の番頭(ばんとう)や手代(てだい)に言っていたそうですよ。そのうえ、重太郎の殺される三日前、奉公人たちが親子喧嘩を聞いているんですよ」

「ほう……」

「それはもう、大変なものだったそうです。重太郎が吉原から夜遅く帰ってきたのを、五兵衛が咎めたことがきっかけだったそうです」

泥酔していた重太郎は、聞く耳を持たなかった。それどころか、

「吉原の花魁を身請けしたい、と言いだしたそうでして」

「ふん、とんだ放蕩息子だ」

鼻を鳴らした松子を、京四郎は無視して、

「それで、五兵衛の怒りに火がついたというわけだな」

「ええ、日頃、温厚な五兵衛ですが、それはもう怒り心頭といったありさまで。重太郎に向かって出ていけと怒鳴って、頰を張ったんだそうです」

重太郎も激高し、五兵衛に殴りかかった。ふたりは、取っ組みあいの喧嘩となったという。

「奉公人たちが必死で止めに入り、なんとか事なきを得たとのことです」

「なるほどな」

「それが皮肉なことに、三日後に無礼討ちとはね……」

松子は眉根を寄せた。

「で、五兵衛は息子の死を聞いたとき、どうしたんだ」

　京四郎が聞くと、

「奉公人たちが言うには、そこはさすがに親子です。五兵衛の悲しみは深かったそうですぜ。二、三日仕事が手につかない様子で、部屋に引きこもっていたそうでさあ」

「牧野を斬ってくれと頼んできたのは、放蕩息子でもいざ亡くしてみると、愛おしさが募り、日に日に牧野に対する憎しみが増したということか。事情はわかったが、牧野を斬るのは気が引けるな」

　すると豆蔵は目をむき、

「じゃあ、百両、みすみす逃すんですか」

と、抗議めいた口調で問いかけた。

「おい、豆公。おまえ、牧野に肩入れしたんじゃないのか」

　京四郎に問い直され、

「それとこれとは別ですよ。百両のおこぼれにありつけるとなったら、京四郎さまに牧野さまを斬っていただきたいですね」

　ぬけぬけと豆蔵は答えた。

「さすがは悪徳岡っ引だ」

呆(あき)れたように京四郎は苦笑した。

「あっしが悪で強欲ってのは認めますがね、その百両につられて牧野さまを狙(ねら)う者が、きっと現れますよ」

豆蔵の言葉に、松子も首肯(しゅこう)した。

ここで松子が、助右衛門の話を蒸し返した。

「それにしても助右衛門さん。どこへ行っちまったんだろうね」

「手がかりと言えば、扇屋と牧野屋敷くらいしかありませんや。あっしが五兵衛を洗い直しますよ。京四郎さまと松子姐さんは、面が割れていなさるからね。で、京四郎さまは、牧野さまのお屋敷を探ってください」

ここにきて豆蔵は勝手に段取り、右手を松子に差しだした。

「なんだい、親分。助右衛門さんを見つけだす前に、駄賃をねだるのかい」

松子は豆蔵の手をぴしゃりと叩(たた)いた。

豆蔵は顔をしかめ、

「牧野さま探索の駄賃だよ。それと、助右衛門探しに、多少の銭金はかかりますからね」

と、賛同を求めるように京四郎を見た。

「松子、いくらか払ってやれ」

京四郎が勧めると、松子は「しょうがないね」とぶつぶつ言いながらも、財布から一分金を取りだして豆蔵に渡した。

牧野の屋敷は、浅草寺の裏手だそうだ。

打ち込みの大道芸の際に寄ろう、と京四郎は考えた。屋敷を見てなにがわかるかは不明だが、ともかく行ってみるとするか。

七

翌日、豆蔵は扇屋の店先で、五兵衛の様子をうかがった。五兵衛は昼までは店に出て、あれこれと指図を繰り返していたが、昼になると駕籠を仕立てた。

当然ながら、豆蔵はあとを追う。

駕籠は蔵前から浅草橋へ向かった。

「倅と違って、吉原ではないようだな」

すると、なんらかの会合か。それとも、お得意先の旗本屋敷にでも向かうのか。

駕籠は浅草橋を超え、両国西小路に至ると、そのまま両国橋を渡る。大川がたおやかに流れ、日輪の光に水面が銀色に輝いている。川を渡る風は、初秋とはいえ冷たい。

一定の距離を保ちながら追うと、駕籠は深川に向いて進み、竪川に架かる一つ目橋を渡る。そのまま、公儀御船蔵を右手に見ながら、ゆるゆると進む。御船蔵を過ぎると、左手に武家屋敷の黒板塀が現れた。

駕籠は、武家屋敷街の横丁を左手に折れた。

豆蔵はあたりをうかがいながら、慎重に尾行を続ける。駕籠は武家屋敷街を抜け、深川六間町の町屋で止まった。

駕籠をおりた五兵衛は、往来に面した三軒長屋の格子戸を開けた。

幸い、周囲には誰もいない。五兵衛が格子戸の中に姿を消してから、豆蔵は中の様子をうかがった。

「いらっしゃいまし」

女の声がした。やや鼻にかかった艶っぽい声だ。

――血は争えねえや。

親父も女好きか。妾を囲っているのではないか。

豆蔵が裏手にまわってみると、せまいながらも裏庭がある。生垣越しに家の中がのぞけて、縁側の向こうに閉じられていた障子が開いて女が出てきた。

三十路過ぎの、妙に色っぽい女、おそらくは芸者あがりと思われた。

やはり、妾のようだ。しばらく様子をうかがっていると、五兵衛も縁側に出てきた。かたわらに、十歳くらいの男の子を従えている。

「重吉、美味いぞ」

五兵衛は相好を崩し、饅頭を子供に与えた。

「よかったね、おとうちゃんにお土産もらって」

女もにこやかに言った。

「おとうちゃん、ありがとう」

重吉はつぶらな瞳を、くりくりと動かした。妾に産ませた子に違いない。

「美味いか」

好々爺然とした笑みを浮かべた五兵衛は、重吉が饅頭を食べ終わるのを見ていた。重吉が食べ終えると、

「重吉、向こうで遊ぼうか」

女の言葉に、重吉は、うん、と元気よく返事をすると、女と一緒に奥に入った。

ひとり残った五兵衛は、縁側の陽だまりのなかで、日向ぼっこをするように日

輪を見あげていた。

やわらかな日差しが降りそそぎ、縁側を雀（すずめ）が歩くのどかな昼さがりである。

五兵衛はなにかを思いだしたように、

「お衣（きぬ）」

と、奥に向かって呼ばわった。女がすぐに出てきた。

「重吉、すっかり大きくなったな」

「もう、物心ついていますよ。で、おっとうがなにをしている人か、知りたがっているんです。きっと寺子屋（てらこや）で、他の子たちから聞かれるんでしょうね」

お衣の物言いは、どこか非難めいている。

「わかっているさ」

いなすように、五兵衛は横を向いた。

「ほんとかね」

お衣は鼻を膨（ふく）らませた。

「ああ、もうすぐ、重吉を認知してやれるさ」

「また、そんなこと」

「嘘じゃない。重吉ばかりじゃないぞ。おまえだって後添いに迎えてやる」

お衣は口を閉じていたが、

「冗談ばっかり」

と、わざとそっけない口ぶりをしたが、顔は満面の喜びに満ちていた。

「冗談じゃないぞ」

「いつなの」

「重太郎の四十九日法要が済んでからだな」

重太郎の名前が出たところで、微妙な空気が流れた。

「重太郎の奴も、あの世で認めてくれるさ」

五兵衛はあくまで明るい物言いだが、

「でも、なんだか悪いような気がするね」

お衣は面を伏せた。

「そんなことはない。あいつは、いままで好き放題をしてきたんだ。そのあげくが、無礼討ちだ。あいつらしい最期だと、わたしは思っているよ」

「そうですかね……」

「おまえが気にすることじゃない。扇屋の暖簾を守っていかなければならないんだ。跡継ぎは欠かせないさ。そして、跡継ぎにする重吉には、おまえが必要だ。

おまえは気にすることはない」

「そりゃ、そうだけど。そうは言ってもねえ」

どこか、お衣は割りきれないようだ。

「もう一度言う。暖簾は必要なんだし、跡取りもいなくちゃいけない。でなければ、扇屋の暖簾はなくなってしまうからね。扇屋を、わたしの代で潰すわけにはいかないんだよ。重太郎が死んでくれたのは、不幸中の幸いだった。あいつが跡を継いだら、扇屋は間違いなく潰れていた。扇屋の財産で遊び尽くしてしまうのが落ちさ」

五兵衛は、お衣の手を握った。

「芸者あがりのわたしだよ。扇屋の暖簾に泥を塗ることになるんじゃないの」

「そんなことはない。市兵衛には話がしてある」

「番頭さんかい」

「そうだ。市兵衛も賛成してくれたよ」

「本当なの」

「嘘をついてもしかたないだろう」

「なんだか、夢みたいだね」

「夢じゃないさ」

五兵衛は真顔になった。

「おまいさん」

お衣が五兵衛にしなだれかかった。五兵衛は照れたように顔をしかめ、

「おい、昼の日中だ」

お衣は頰を赤らめ、

「ごめんなさい。つい、嬉しくなって。じゃあ、昼餉の仕度をするね」

「それもいいが、たまには外で食べようか。鰻でもどうだ」

五兵衛が言うと、お衣は嬉しそうに、

「重吉、おとっつあんが鰻を食べにいこうって」

奥から重吉の喜ぶ声が聞こえた。

一見して、平穏な家庭の暮らしがそこにはあった。


そのころ、京四郎は浅草の牧野屋敷にやってきた。

打ち込みの大道芸のついでに、と思ったが、旗本屋敷を探るとなれば、派手な装いは避けたほうがいい。打ち込みはやらず、ここに直行した。紺地無紋の小袖

に、鼠(ねずみ)色の袴(はかま)といった地味な格好だ。

二千石取りの旗本の屋敷とあって、広大な敷地と長屋門(ながやもん)付きの築地塀(ついじべい)に囲まれている。門番はいなかったが、門は固く閉ざされ、訪問者を無言のうちに拒絶していた。

「さて」

やってきたものの、どうすればいいかと思案をめぐらす。

真昼間から屋敷に忍びこむわけにもいかない。ぐるりと周囲を歩きながら様子見をしていると、出入りの商人たちに着目することが思い浮かんだ。

裏門に向かうと、そこには門番がいた。

ちょうど屋敷に入ろうとする男が、鑑札(かんさつ)を提示している。

柳(やなぎ)の木陰に身を入れ、様子をうかがった。大八車(だいはちぐるま)に乗せられ、酒樽(さかだる)が運ばれてくる。裏門から、別の商人が出てきた。

「精が出るね」

商人は大八車の男に言った。

「ああ、いくら酒を運んでも、すぐに催促がくるよ」

「こっちもだ」

「味噌もかい」

「いくら運んでも足りないくらいさ」

「景気がいいね」

「まあ、お稼ぎなさいな」

味噌問屋は、足早に出ていった。それを、

「すまんが、ちょっと話を聞かせてくれ」

京四郎はつかまえた。

「ええ、手前でございますか」

見知らぬ侍に声をかけられ、味噌問屋は戸惑いながらも、京四郎の涼やかな風貌に安堵したようで問いかけに応じた。

「ちと、牧野殿の屋敷について聞きたいのだ。おれは見てのとおりの浪人者でな。どちらかの旗本屋敷で奉公できないかと、歩いているんだ。だが、どこも暮らしぶりに余裕がないのか、色よい返事がない。景気のいい屋敷はないものかと散策・しておったら、牧野殿の屋敷が景気がいい、という噂を聞きつけたのでな。いささか期待を胸にやってきたのだ。そうしたら、屋敷裏でその噂を裏づけするように、そなたたちが足繁く出入りしている。そこんところを話してくれないか」

努めて明るい調子で聞いた。

自分でも驚くほど、口から出まかせにもっともらしい嘘が吐けた。

案の定、味噌問屋は疑う素振りも見せず、

「それは、お侍さま、狙いのつけどころがようございますよ。毎日、上等な酒や鯛（たい）や鯉（こい）、鮑（あわび）なんかの値が張る食べ物が運ばれていきますんでね」

「連日、宴会でもやっているのか」

「宴会かどうかはわかりませんが、多勢のお侍さまがおられますよ」

「多勢とはどれくらいだ」

「さあ、正確にはわかりませんが、十人以上はいらっしゃると」

「どんな連中なんだ」

「ええ、ちょうど、お侍さまのような」

奉公を求める浪人者、と言いたいのだろう。

どういうことだ。牧野は、なぜ多くの浪人を召し抱えるのか。

「そんなに多勢の浪人者を集めて、いったい、どうしようというのだろうな」

「さあ、手前どもはただ、味噌を売っているだけですから」

「それもそうだな、しかし、どうしてそんなに景気がいいのだろう」

牧野が重太郎を無礼討ちにした表立っての理由は、借財の申し込みを邪険に断られたことだ。とすれば、金に困っているのではないか。

「それは、手前どもも心配したのです。ですが、お支払いはきっちりと現金でしてくださいますので、なんら心配はございません」

「ならば、おまえたちも安心というものだ」

ようやく解放されたかと、味噌問屋は立ち去ろうとしたが、ふと足を止め、

「そうそう。たくさんのお酒や食べ物が必要なのは、きっと、あの方のせいでございますよ。その方は、お侍さまではないのですがね」

胸が騒いだ。ひょっとして助右衛門か。

「元お相撲取りなんですよ」

やはりだ。

「その男、助右衛門といわなかったか」

「さあ、お名前までは」

味噌問屋は小首を傾げた。

「背は六尺を、はるかに超えておるだろう」

「お侍さまよりも高いですね」

「上方訛りがあっただろう」

「はいはい、たしかに」

間違いない、助右衛門だ。助右衛門の無事はわかったが、どうして牧野屋敷にいるのだろうか。

「お侍さまも、雇っていただいてはいかがでございます」

「そうだな、売りこんでみるか」

わざと気軽な声音で返した。

「では、これで失礼いたします」

「ああ、すまなかったな。稼げよ」

「ありがとうございます」

味噌問屋は笑顔で立ち去った。

今度は京四郎は、酒問屋が出てくるのを待ちかまえた。しばらく待っていると、果たして酒問屋が出てきた。

「すまん、牧野屋敷のことを聞きたい」

と、味噌問屋に尋ねたのと同じことを聞いた。酒問屋もいたって愛想よく、

「牧野さまのお屋敷に、目をおつけになられたのですね」

「そうなんだ。で、牧野屋敷で、酒の用が増えているんだってな」

「それはもう。最近になって雇われたお相撲取りさんが、やたらと召しあがりますからな」

いったい、助右衛門はどれほど飲むのだ。

「一日、一斗です」

「ほう、それはすごい」

本心からそう思った。不老庵でそれをやられたら、店がもたないだろう。

「おかげで、手前どもは稼がせてもらってますけどね」

酒問屋は嬉しそうに笑った。

「どうして、そんなに金まわりがよくなったのだろうな」

「さあ、よくわかりません。ひょっとして、御公儀のしかるべきお役職に、お就きになられるのかもしれませんね」

「なるほど、それを見越してということか」

それにしても、なぜ多勢の浪人者を雇うのだろうか。役職なりに、家来を増やすということか。そうであったとしても、相撲取りまでは雇わない。

「手前どもは、お酒を買っていただいて代金を払ってくだされば、それでようございますので。お侍さまも雇われたらどうです。こう申してはなんですが、お強そうですから」

「強くなくては駄目か」

「ええ、みなさん、腕に自信のある方ばかりのようですよ」

「そうか」

「では、失礼いたします」

酒問屋はぺこりと頭をさげながら、立ち去っていった。

「牧野源次郎……いったい、なにを考えている」

強烈な疑問とともに、築地塀を見あげた。天高い秋空を鱗雲(うろこぐも)が覆(おお)い、燕(つばめ)が空を飛んでいく。

――助右衛門、おまえもおまえで、いったいなにをしておるのだ……。

心のうちでつぶやいた。

八

京四郎が夢殿屋の奥座敷に入ると、

「待ってましたよ」

すでに豆蔵が座っていて、大きな鷲鼻を指で掻いていた。

「成果ありですかい」

豆蔵は徳利を向けてきた。

「助右衛門の居所がわかった」

「ええ、そうなんですか」

予想以上の成果に、そばにいた松子が思わず大声を出してしまった。

「ほう、どこに」

探索の玄人を自負する豆蔵は、あくまで落ち着いた物言いだ。

「牧野屋敷だ」

「なんですって」

またしても松子が、戸惑うように目をむいた。豆蔵がうるさそうに松子を見てから、

「どういうこってす」

「それがな」

今日の探索の様子を語った。豆蔵はふんふんと聞いていたが、

「まったく、なんて奴だ」

と、憤慨した。松子も呆れ返っている。

「心配して損したわ、毎日、大酒と大飯をかっくらっているとはね」

「問題は、助右衛門がなんで牧野屋敷にいるかってことと、助右衛門だけじゃない、なぜ牧野は多勢の浪人者を雇い、歓待をしているかってことだ」

豆蔵が問題を提起した。

松子がなにか考えを述べようとしたが、京四郎がそれを制した。

「それについては、気になることがあってな。牧野屋敷に出入りしている商人から聞いたのだが、牧野源次郎には近々、公儀のしかるべき役職に就く噂があるそうだぞ」

「それを見越して、金まわりをよくしたってことですか。だが、それは借財だ。でも、扇屋は貸し付けを断ったんじゃなかったですかね」

豆蔵は京四郎に疑問を投げかけた。

京四郎が答えに詰まっていると、

「他の札差に、乗り換えたんじゃないですかね」

松子が推測した。

「となると、扇屋に残っている借財は、すべて完済したことになる」

京四郎の指摘を受け、

「当然、米切手の扱いも、扇屋以外の札差がおこなっていることになりますね。扇屋へ行って、手代にいままでも牧野さまのお屋敷に出入りしているか、確かめますか」

豆蔵はこともなげに言った。

駄賃をせびられるのが嫌なのか、そこで松子が自分で調べると言い、なおも助右衛門について蒸し返した。

「それにしても、なんだって助右衛門さん、なにも報せてくれないんだろうね。無事だってことすら報せないというのは、おかしいわよ。ひょっとして、外との連絡ができないのかも」

「するってえと、ますます牧野さまの狙いっていうのが気になりますね」

豆蔵の言葉を受けて思案をめぐらすように、京四郎は腕を組んだ。

みな黙りこんで、空気が重くなる。

不意に、豆蔵は思いだしたように手で膝(ひざ)を打ち、

「そうだ、あっしは扇屋五兵衛について、おもしろいネタを拾ってきましたよ。

五兵衛の奴、妾を囲ってやがった」

豆蔵の鷲鼻が揺れた。

「あの、狸。真面目ぶっちゃって。倅の放蕩は親父譲りだったんだね」

おもしろくもなさそうに、松子は顔をしかめた。

「妾だけじゃねえ、子どもまでいたんだ。それでな」

豆蔵は、五兵衛が妾のお衣を後添いに迎え、息子の重吉を跡取りにするつもりであることを言い添えた。

「まったく、隅に置けないねえ」

「どんなに真面目ぶったって、臍の下は同じってことさ」

豆蔵の物言いは、どこか達観めいていた。

すると、

「ひょっとして……」

松子は目をしばたたいてからひと呼吸置き、

「五兵衛の奴、重吉かわいさに、無礼討ちという名目で、牧野に重太郎を殺させたんじゃないですかね」

即座に豆蔵が鷲鼻を鳴らす。

「いくらなんでも……」

松子は口を尖(とが)らせながら視線を向けると、京四郎はおもむろに否定した。

「そいつはいただけないな」

松子は顔をしかめ、自信満々に決めつける。

「そうですかね……辻褄(つじつま)は合いますよ。そうでしょ。牧野は急に金まわりがよくなった。御公儀の要職に就く噂がある。このご時世、しかるべき役職を得るには、それなりの袖の下が必要だってことは、あたりまえの話ですよ。ですから、息子を殺してくれるお礼に、金子を用立てたんですよ」

早合点も松子の習性だ。

対して京四郎は、

「ならば、なぜ五兵衛が、おれを雇う必要があるんだ。牧野を殺してくれと、百両を用意したんだぞ」

「それは、その、芝居ですよ」

途端に松子は、苦しげな顔になった。

「さすがにどんな金持ちも、芝居に百両は払わんだろう」

京四郎は諭すような言い方になった。

「じゃあ、牧野さまが急に金まわりがよくなったのは、なんでですよ」

「それを探らねばならん。まずは、牧野が扇屋からまだ借財をしているかどうかを調べるべきだな」

京四郎の冷静な物言いに、豆蔵もうなずく。

「さらに気になるのが、牧野が浪人者を集めている理由だ」

「そうですよ」

豆蔵は賛意を表す。

「助右衛門さんとつなぎが取れれば、わけないいんだけどね」

松子の言葉に、

「それ、簡単にできそうもないいんですよね」

豆蔵が京四郎に確認を求めた。

「ああ。異常なほどに、警護は厳重だった。毎日、出入りする味噌問屋や酒問屋にも、鑑札のようなものを提示させていたからな」

「いっそ、忍びこんだらどうでしょう。夜なら大丈夫でしょう」

松子が言うと、

「牧野屋敷に忍びこむのはともかく、松子は牧野の米切手を扇屋が扱っているかどうかを調べてくれ。おれは、五兵衛のところへ行き、殺しを請け負うと持ちかけてくる」

　決意を示すように、京四郎はいつにない真面目な顔をした。

九

　翌日、京四郎は浅草寺の境内で、いつものように打ち込みの商いをした。

　切りあげようとしたときに、松子がやってきた。

「牧野さまですがね」

　松子はさっそく、牧野の切り米の扱いをしている札差を確かめたという。

「相変わらず扇屋が扱っていましたよ」

「そうか。ならば浪人者を抱えたり、その飲み食いの代金は、扇屋からの借財で賄(まかな)っていることになるな」

「そういうことですよ」

「商い上の関係は続いているということか。ともかく、扇屋に行ってくる」

　京四郎は蔵前に向かった。

扇屋にやってくると、店先は煩雑を極めていた。間が悪いときに来てしまったかと、暖簾をくぐるのを躊躇っていると、

「これは、徳田さま」

と、五兵衛が出てきた。

「まま、こちらへ」

この間とは違い、五兵衛に案内されると、母屋の客間に入った。

「忙しい身であろうから、さっそくに用件を申すが、牧野源次郎を斬る依頼についてだ」

五兵衛は京四郎の話を予想していたのだろう。表情を変えず、

「承りましょう」

それから、おもむろに腰をあげると、いったん客間から出ていき、すぐに戻ってきた。紫の袱紗包みを手にしている。

「まずは、前金としまして五十両。残りは成就の暁ということで」

「承知した」

袱紗包みに右手を伸ばした。ずしりとした小判の感触が伝わってくる。

「ところで、おれは物事を頼まれる際、礼金とは別に美味い物を要求している」

京四郎が言うと、

「お安い御用でございます。贔屓の料理屋で、ご接待申しあげます」

にこやかに五兵衛は言った。

高級料理屋なんぞ堅苦しいだけだが、たまには札差の豪勢な宴に招かれるのもいいだろう。

五兵衛は表情を引きしめ、

「段取りを申しあげないことには、徳田さまも不都合でしょう」

たしかにそうである。

いくら小普請組の非役とはいえ、牧野源次郎は直参旗本、襲撃するにはそれなりの準備が必要だろう。それに、浪人者を多数抱えているのだ。

「わたしも、五兵衛殿から話を聞き、一応は牧野殿の身辺を探ってみた」

「ほう」

五兵衛は視線を凝らした。

「近所の評判では、多数の浪人者を抱えたとのことだ。おそらく、出かける際には、身辺の警護もおこなっているだろうぜ」

「そのことは存じております。たしかに牧野さまは、多数の浪人者を抱えられました。きっと、用心をなすっておられるのでしょう」

「用心とは、あんたが刺客を向けてくるのを警戒しているということか」

「それもございましょうが、あのお方は、なにかと敵が多いですから」

「ほう、敵とな」

「その……軽々しくは申せませんが、お役を得るために、派手な行動をなさっておられるゆえ、それを快く思っておられぬ方もおられるのです。わたくしどもに借財を頼まれたのも、必要な賄賂のためでございました」

「だからといって、身辺を厳重にせねばならないほど、命の危険があるものだろうか」

五兵衛は思わせぶりにほくそ笑み、

「向こうの警護が厳重だと、自信がなくなるのですか」

その言葉は、いささか挑戦的であった。

「そういうわけではないが、気になることは気になる」

五兵衛の挑発には乗らず、努めて落ち着いた物言いをし、牧野にまだ金を貸しているのかを聞いた。五兵衛は、あっさり肯定した。

「息子の仇相手に、よく金を貸すものだな」

「それは、商いでございますから。もっとも、新しくお貸ししているわけではございません。これまでの借財があり、それには当然、利子がかかっております」

とりあえず、五兵衛の答えを受け流し、京四郎は話題を変えた。

「ところで、助右衛門という相撲取りだが、やはりここへ来たんじゃないのか」

五兵衛は、しばらく考える風に首をひねっていたが、

「申しわけございません、嘘を吐きました」

と、両手をついた。

「それで、どうした」

「牧野さまを殺すことを、請け負われました。おそらくは、牧野さまのお屋敷に向かったのだと思います。と申しますのは、牧野さまのお屋敷の所在を聞いていかれ、それきり、いっさいの連絡がないからでございます。五十両を持ち、それきりでございます」

五兵衛も困ったような顔をした。

「なぜ、そのことを隠していた」

「ひょっとして、牧野さまに返り討ちにされたのではないかと心配になったので

す。手前どもとのかかわりは、伏せておきたかったのでございます」

「牧野に、助右衛門を雇ったのが自分だと知られたくなかったということだな」

「さようで」

五兵衛は、ばつが悪そうな顔になった。

「ともかく、金をもらったからには役目を果たす」

「では、段取りを申しあげます」

「ほう、聞かせてもらおう」

「牧野さまは、お父上の墓参に行かれます。場所は浅草の浄土宗の寺、法源寺。ご命日は明後日でございます」

「その行き帰りを襲え、ということか」

「さようにございます」

「少なくとも、屋敷に入るよりは容易であろうな」

「くれぐれもご油断なきように」

ふと、

「ところで、倅を亡くし、この店はどうするのだ」

素知らぬ顔で聞いてみた。五兵衛は落ち着いた表情で、

「じつは、わたしには隠し子がおります」

「子ども……妾でも囲っておると申すか」

冗談めかした物言いをしたが、

「いかにも」

臆することなく、五兵衛は真顔で答えた。隠しだてはしないということか。

「そうか、扇屋の暖簾は守られるのだな」

「妾も子どももいるということは、番頭や死んだ倅にも、隠しだてはしておりませんでした」

「やましいことはないと」

「女房に死なれてから、いわば、内縁の妻のようなものでございます」

「倅も認めておったのか」

「認めはしませんでした。あれは……重吉をわたしが認知すれば、自分が受け取る財産が減るということを嫌がっておりましたので。ですから、重太郎の生前は、この家に重吉を迎えることができなかったのです」

「それが、いまとなっては、堂々と迎えられるということだな」

「そういうことです」

五兵衛は、けろりとしたものである。こうまで堂々とされては責めようがない。

「ひょっとして徳田さま、わたしが重吉に跡を継がせたいために、牧野さまに重太郎を始末するよう持ちかけたと、お考えではないでしょうね」

眉ひとつ動かさず、五兵衛は問いかけてきた。

「いや、そうは思わんが」

思わず目をそむけてしまった。

「そうでしょうとも。いくら放蕩息子でも、殺してほしいなどと思う親はございません。それに、そんなことで、牧野さまのお手を汚すようなことがあってはなりません。札差として失格でございます。そもそも、わたくしが牧野さまに重太郎の始末を頼んだのならば、なぜその牧野さまを殺すことを、徳田さまに依頼せねばならないのですか」

五兵衛の問いかけは、京四郎にも理解ができる。

「得心した。心行くまで仕事ができるぜ」

そう言い残して、腰をあげた。


二日後、京四郎は浅草の法源寺にやってきた。

紺地無紋の小袖に同色の袴といった浪人らしい身形だが、小袖は糊付けがされていて、袴には折り目が入っているのがなんとも京四郎らしい。

加えて、今日は妖刀村正を差している。

その二つ名が示すように、不吉で呪われた刀だ。

徳川家康の祖父、松平清康殺害に使用され、父広忠も、この刀によって家臣に手傷を負わされた。そして、家康も村正の鑓で怪我をし、嫡男信康自刃の際に介錯に使われたのも村正であった。

さらには、大坂の陣で家康を窮地に追いこんだ真田幸村も、村正の大小を所持していたという。

徳川家に禍をもたらす妖刀を、京四郎は八代将軍吉宗から下賜された。母の貴恵が没して数日後、紀州藩主であったころの吉宗が、弔問に訪れた。

その際、吉宗から自分に仕えるよう勧められたが、京四郎は断った。

その後、吉宗が将軍となると江戸に呼び寄せられ、幕府の重職に就くかどこかの大名に成るよう勧められた。

京四郎は権力にも財力にも興味はなく、縛られる暮らしは嫌だと断った。吉宗は気が変わったら名乗り出よ、徳川家である証に刀を与える、と言った。

望みの名刀、業物（わざもの）を問われ、京四郎はあえて村正を所望したのだった。

もちろん、吉宗は村正の伝承を鑑（かん）みて躊躇ったが、徳川家に災いをもたらした村正に打ち勝ってみせます、という京四郎の返答を気に入り、授（さず）けてくれたのだった。

境内にひそんでいると、山門あたりが騒がしくなった。

山門の石段下に、駕籠が止まった。侍が三人で警護している。この男たちが、牧野屋敷に巣食っている浪人たちであろう。

牧野を殺すつもりはない。襲撃し、直接牧野の口から話を聞くつもりだ。山門を飛びだし、石段を駆けおりた。侍たちが驚きの目を向けてくる。

「な、なんだ」

色めきだった。京四郎は村正を抜くことなく、ひとり目の鳩尾（みぞおち）に拳（こぶし）を沈め、ふたり目の胸板（むないた）を蹴りこんだ。ふたりは息を荒らげ、うずくまった。

残るひとりは、刀を抜いて斬りかかってきた。京四郎はなんなく避けると、頬に右の拳を叩きこんだ。相手は、後方にぶっ飛んだ。高い金を払って雇っているにしては、なんとも骨のない連中だ。

駕籠かきは、すでに逃げてしまっている。京四郎は駕籠の脇に座り、

「牧野さんよ」

と、声をかけた。返事はない。

「危害は加えん。出てこい」

それでも返事はない。嫌な予感にとらわれた。思いきって引き戸を開けた。

「これは……」

中は空っぽである。どういうことだ。あらかじめ京四郎の襲撃を予想していたということか。

と、背中に冷たいものを感じた。

「動くな、短筒だ。そのまま駕籠に乗るんだ」

背中越しに言われ、振り返ると、助右衛門が立っていた。横に短筒を手にした男がいる。

男は短筒の銃口を向け、牧野だと名乗った。

鼻で笑うと、助右衛門に視線を向けた。

助右衛門は澄ました顔で、

「一緒に来ておくんなはれ」

「どういうことだ」

「ここでは話せまへん」

牧野の狙いを知るには、むしろこのままついていくのがいいだろう。

「よかろう」

京四郎は駕籠に乗せられた。

十

牧野屋敷に着くと、裏門から屋敷内に入り、裏庭に連れられた。その間、助右衛門が脇を固めている。やがて、ざわめきが起きた。

羽織、袴の男が現れた。助右衛門が、京四郎の耳元でささやく。

「殿さまですわ」

助右衛門が正座し、京四郎も倣う。

「貴様が徳田京四郎か」

牧野は問いかけてきた。神経質そうな顔をした男だ。その印象を裏付けるように、目をさかんにしばたたいている。

「徳田京四郎だ」

ぶっきらぼうに、京四郎は返した。

にやりとして、牧野は話しはじめた。

「そなたの腕が欲しいのだ」

「用心棒になれというのか」

「用心棒などではない」

「すると、なにを……」

どうやら、今回の一件の核心に迫っているようだ。

「御用金の強奪だ」

牧野の目が光った。

「御用金……」

「いかにも。日光東照宮へ奉納する御用金一万両を、奪い取ってやるのだ」

牧野は乾いた笑い声をあげた。

「ところで、扇屋五兵衛とは、どのようなかかわりだ。あんたは、五兵衛の倅を無礼討ちにしたんだろう」

「いかにも。おまえも五兵衛に雇われたのだろう。わしを殺せとな」

いまさら否定するつもりはない。牧野もそれをわかっていて、自分を引っ張りこんだのだろう。

「そうだ」

京四郎の返事に、牧野は表情を変えず、

「ならば、わしとて隠しだてはせん。教えてやろう。どうしても今回の企てに、そなたが欲しいと思った。そこで、五兵衛に接触させた」

「倅を無礼討ちにしたあんたの頼みを、よく引き受けたものだな」

「五兵衛はわしに借りがある」

「借り……」

借財をしているのは、牧野のほうではないか。訝しんでいると、牧野は京四郎の心のうちをのぞきこむように、

「五兵衛からは、息子の重太郎を殺してくれと頼まれた」

意外な気はしない。むしろ、やはりそうなのかというのが正直なところだ。

「妾に産ませた子どもに店を継がせたいからか」

「それも、あるが、それだけではない。扇屋に、御公儀の御用金を扱う札差の肝煎りを約束した。わしの企てがうまくいき、勘定奉行になれば、それが叶うということだ」

「なんと、欲の皮の突っ張った者ばかりだ」

京四郎の不遜な物言いを受け流し、

「世の中、金次第だ。襲撃は明日だ。今宵は英気を養え」

その場から、牧野は立ち去っていった。

「こっちで、おま」

すぐに助右衛門が、けろっとした顔で話しかけてくる。

「おまえ、金に目が眩んで、こんな悪事に加担しておるのか」

非難の目を向けると、

「二百両もらえるんでっせ」

助右衛門に、まったく悪びれた様子はない。

「松子も心配しておったのにな」

助右衛門は頭を搔き、

「せやから、大金をせしめて、みんなを喜ばせようと思ったんでんがな」

むっとしながら言葉を飲みこんでいると、

「それだけやおまへん。御用金の警護責任者は、勝手掛老中の松崎淡路守さま。わしが廃業する原因となった、大関嵐山のお抱え大名なんですわ。ほんで、鼻を明かしてやろうと思うてますねん」

助右衛門は大真面目であった。


裏庭の隅にある板葺きの小屋まで来ると、助右衛門が教えてくれた。

「ここが、ねぐらですわ」

たしかに、賑やかな声が聞こえてくる。酒盛りをやっているようだ。

「おう」

助右衛門が引き戸を開けると、中から歓声が聞こえた。

二十人近い男たちが、酒を飲んでいる。京四郎は名乗り、酒を受けた。男たちは明日、二百両が手に入ると、気炎をあげている。

「どんな段取りなんだ」

助右衛門に聞くと、

「御用金を積んだ荷駄が千住宿を抜けたところで、襲うんですわ。牧野さまが指示するから、わてらは存分に暴れまわれ、ということです」

するすると、

「酒じゃ、酒が届いたぞ」

という声とともに、酒を積んだ荷駄がやってきた。荷駄を引いているのは、豆蔵だった。

助右衛門は思わず驚きの声を漏らしたが、京四郎と豆蔵に目配せされ黙りこんだ。たちまち浪人たちは、酒樽に群がる。どこから現れたのか、牧野も酒宴に加わった。その隙に、豆蔵を庭の隅に誘った。

「じつは旦那のことが気になりましてね。法源寺までつけさせてもらったんですよ。そうしたら、牧野屋敷に連れこまれた。で、この中に入る算段をして、三の字にこれをすらせたんでさあ」

豆蔵は懐から、鑑札を取りだした。酒は、知りあいの酒問屋から調達してきたという。

「さすがは、腕利きの岡っ引だけのことはあるな」

つい、世辞（せじ）を言ってしまった。豆蔵は気分よさそうに、鷲鼻を右の人差し指でこすった。

「手短に申すぞ」

豆蔵に、牧野の企て、それをおこなうにあたって五兵衛を引っ張りこんだ経緯を語った。豆蔵の目が鈍く光った。

てきた。

「そんなからくりとはねえ」

思案するように、眉間に皺を刻んだ。それから、問いただすような視線を向けてきた。

「牧野と五兵衛の企みを潰す」

京四郎が決意を目にこめると、豆蔵もうなずいた。

そこへ、助右衛門がやってきた。

「おめえ、松子姐さんが心配してたぞ」

豆蔵の非難めいた物言いに、京四郎も加勢する。

「みろ、みんな、心配しているじゃないか」

ふたりから責められ、さすがの助右衛門も恐縮しきりで、

「すんまへん」

言いわけの言葉を並べたてようとするのを京四郎は制し、

「おれと豆蔵は、牧野と五兵衛の企てを潰すつもりだ」

豆蔵も、

「許されることじゃねえ」

ふたりの決然とした物言いに、助右衛門はたじろいだ。

「そやかて、二百両でっせ」

金にがめつい豆蔵にしては意外な判断だと、助右衛門は思ったようだ。そんな助右衛門の気持ちは、豆蔵にも伝わったようで、

「額がでかすぎてびびっちまったんだよ。それに、日光東照宮の御用金になんて手を出したらな、東照大権現(だいごんげん)さまの罰が当たるってもんだ。これでも、十手をあずかる身だからな」

もっともらしい顔で、豆蔵は本心を打ち明けた。

「悪徳岡っ引にも、五分の理というわけだな」

からかうように京四郎は言った。

「わて、ご老中さまには」

老中松崎への恨み言を並べようとする助右衛門を制して、京四郎は戒(いまし)めた。

「そのために、罪もない者の命を奪っていいってことにはならないぞ。日光への奉納金を奪うということは、それだけ多勢の人間の血が流れるってことだ。奉納金を運ぶ者たちだけじゃないぜ。それにかかわった者たちが責任を問われ、詰め腹を切らされるだろうよ」

京四郎の諭すような物言いに、助右衛門は黙りこんだ。それきり口を閉ざし、

小屋に歩いていった。

「どうする気ですかね」

豆蔵は心配そうだ。

「わかっただろうさ」

京四郎の言葉を受け、豆蔵はまだなにか言いたそうだったが、

「それより、牧野の企てを阻止したい。まあ、任せておけ」

初秋の夜空は月が冴え、星影が美しい。

十一

翌朝まだ夜が明けぬころ、京四郎たち奉納金襲撃の一団は日光道中、千住宿から草加宿(そうかしゆく)へ二里ほど行った雑木林のなかにひそんだ。

指揮は、短筒持ちの牧野源次郎がとった。

「もうまもなく、通るぞ」

牧野は懐から、短筒を取りだした。襷掛(たすきが)けの京四郎たちは、袴の股立(ももだ)ちをとった。助右衛門ひとり、浴衣を一枚引っかけただけだ。

仲間たちにも加わろうとせず、ひとり座を外して不貞腐れたように寝入ってしまっている。

朝靄がゆっくりと晴れ、朝日が差してきた。早立ちの旅人の姿が、ちらほら見受けられる。やがて、

「来たぞ」

牧野の声とともに、御用金を積んだ荷駄がやってきた。

先頭で「御用」と染め抜かれた幟が、春風に揺れている。

騎馬の武士が荷駄の前後に二騎、徒歩の武士が八人、その他、荷駄を引く人足たち四人の総勢十四名だ。大八車の荷駄には筵が掛けられており、隙間から千両箱が見えた。

旅人たちは、御用金の幟に恐れを成すように道を空ける。

「行くぞ！」

牧野は雑木林を飛びだすと、空に向かって短筒を放った。天に向かって銃声が轟き、それに気合いを入れられたように浪人たちは荷駄に向かう。

銃声に驚いた馬が棹立ちとなり、侍を振り落とした。他の旅人は畦道に避難した。荷駄の動きが止まった。

牧野が告げると、人足はもとより警護の武士たちまでが、蜘蛛(くも)の子を散らすように逃げ去った。

「物足りんな。腰抜けどもが」

それは浪人たちも同じとみえ、みな口々に刀を使えなかったことを悔しがった。

牧野が荷駄の筵をめくってみると、千両箱が十個積んである。さっそく、そのうちのひとつを開けると、

「……謀(はか)られた」

中は石ころだった。途端に、みなが色めきだつ。

ただそのなかで京四郎のみが、哄笑(こうしょう)を放った。

「馬鹿め、悪党」

牧野の目つきが変わった。

「貴様……」

「まんまとしてやられたな」

「まさか、貴様が」

牧野は言うや、短筒を京四郎に向けた。浪人たちもいったん納めた刀を抜く。

牧野の指先が引き金にかかった瞬間、

「おんどりゃあ！」

助右衛門の張り手が飛んだ。牧野の身体は吹っ飛び、泥田の中に落ちた。そのとき、弾丸が発射され、荷駄に命中した。

浪人たちが、京四郎と助右衛門を囲んだ。みな、ぎらぎらとした殺気だった目をしている。金を奪えなかった鬱憤を晴らそうとでもいうようだ。

京四郎は妖刀村正を抜いた。

不気味に反り返る刀身を見ても、浪人たちはいっこうに怯まない。それどころか、ますます目をぎらつかせた。

「欲に目が眩んだ狼ども……おっと、狼に悪いな。狼は生きるために餌を求める、おまえらは、金に群がる悪鬼だ。しかし、人であることに変わりはない。おとなしくお縄にかかれば、命だけは助けてやる」

吐き捨てるように批難の言葉をかけたが、彼らは刀を引かない。

「ままよ、馬鹿につける薬はなしか」

京四郎は冷笑を浮かべた。ときおり見せる空虚で乾いた笑いだ。

次いで、

「冥途の土産にお目にかけよう、秘剣雷落とし」

京四郎が村正を下段に構えると、斬りこもうとした浪人たちの足が止まった。

ゆっくりと切っ先を、大上段に向かってすりあげてゆく。

すると、日輪が隠れ、あたり一面を闇が覆った。

月も星も見えないが、村正の刀身は妖艶な光を発し、やがて大上段で止まった。

村正の発する妖光に照らされ、地味な小袖が片身替わりの小袖に変わっている。

左半身は白色地に真っ赤な牡丹が花を咲かせ、右半身は萌葱色地に極彩色で描かれた鷹が、爪を立てて獲物に飛びかからんとしていた。

たじろいだ浪人たちだったが、やがて自暴自棄となって京四郎に襲いかかる。

浪人たちの刃が迫るなか、京四郎は身じろぎもしない。

次の瞬間、雷光を帯びた村正が、横に一閃された。

浪人たちの首が、次々と両断される。

何事もなかったように、京四郎は村正を鞘に納めた。鍔鳴りが響くと同時に闇が晴れ、朝日が降りそそいだ。

京四郎に退治された浪人たちのほかにも、数人がいた。彼らは刀を捨てて、逃げ去ってゆく。

すると、

「ほれ、千両箱や」

助右衛門は、石ころの入った千両箱を浪人の群れに投げた。千両箱に直撃された浪人は、地べたにのたくった。次々と千両箱を投げ、十個投げ終わったところで、大八車を抱えあげ、それも、

「おまけや」

と、放り投げる。

哀れ浪人たちは、大八車の下敷きになった。

そこへ、

「御用だ」

南町奉行所の捕方（とりかた）がやってきた。

暑さの残る秋の朝だというのに、京四郎の胸には、寒々（さむざむ）とした風が吹きこんでいた。

五日後、牧野源次郎は評定所で裁かれた。

神君家康を祀（まつ）る日光東照宮への奉納金強奪という、幕臣にあるまじき所業（しょぎょう）を咎

められ、家名断絶のうえ斬首となった。

切腹すら許されなかったことに、幕閣の怒りが現れていた。

牧野から賄賂をもらっていた者たちは戦々恐々としていたが、とくに咎めだてはなかった。処分をすれば、幕府や大奥の腐敗を摘発することになりかねないという政治的判断だった。

扇屋は闕所処分となり、江戸を追われた。

こうして、一件は落着した。


夢殿屋の小座敷で、ささやかな宴が催された。牧野一味捕縛に協力したということで、京四郎と助右衛門に奉行所から褒美が出たのだ。

ふたりで十両だった。

「助右衛門さん、二百両ふいにして残念だったね」

からかい気味に松子が語りかけると、

「姐さんこそ、百両もらえなかったやないですか」

負けじと、助右衛門は言い返す。

「今日はおめでたい席だ。揉めるな」

京四郎が間に入った。

その面差しは、いつになくやわらいでいる。

頼み主の五兵衛が罪に問われたとあって、札差の豪勢な接待は受けられなくなったが、助右衛門が打った蕎麦がありがたい。麺は千切れ、うどんと見まがうほどに太いが、しっかりと腰がある。一気呵成に手繰るには向かないが、酒の肴にはもってこいだ。

助右衛門は、どんぶりで酒をぐいぐいと飲む。松子は饅頭を食べながら一杯やっていた。

そんなふたりの姿に、京四郎は不思議な安らぎを感じていた。

第三話　妄想から出た殺し

一

葉月（はづき）の二日となり、ようやく秋めいてきた。

吹く風はさわやか。秋晴れの空には、燕（つばめ）が気持ちよさそうに飛んでいる。

両国西広小路の見世物小屋の裏手で、

「あの人をやってくれるかい」

「ああ、任せろ」

女と男のやりとりが聞こえた。

続きを聞こうと松子が耳を澄ませたところで、周囲の喧騒（けんそう）に掻き消されてしまった。

江戸きっての盛り場とあって、大勢の男女で賑（にぎ）わっている。

読売のネタが転がっていないか、と松子はやってきたのだった。

薄紫地に薄をあしらった小袖に紅色の袴、洗い髪が風になびき、小股の切れあがった好い女という表現がぴったりだ。そんな松子だから、声をかけてくる男は珍しくはないが、適当にあしらい、ネタ拾いに没頭していた。

見まわしたが、それらしい男女はいない。やりとりをしていた男と女は、雑踏にまぎれこんでしまったようだ。

空耳かとも思ったが、聞き捨てならない物騒な内容とあって、耳朶の奥に残っている。

短いやりとりだ。だが、このやりとりに不穏なものを感じてしまう。というより、松子の読売屋魂をおおいに刺激したのだ。

妄想を膨らませるのは、松子の特徴だ。女は声からすると、二十五、六の年増。男は同じくらいか、少し上だろう
「あの人をやってくれるかい」

これが意味するものというと……。

松子は妄想をたくましくした。

女は、さる大店の主人の女房。おそらくは、旦那に見初められて後添いに入っ

たのだ。見初められるということは、見映えがいいのだろう。

吉原かどこかの岡場所で女郎をやっていて、身請けされたのか。それとも柳橋か深川の芸者だったのではないか。

対して、男はその女のマブだ。女は旦那を殺し、家屋敷を自分のものとして、マブとよろしくやろうという魂胆だろう。

見当外れだろうか。

徳川京四郎に聞かせたら、

「馬鹿」

と、一笑に付されるだろう。

松子が反論でもしたら、売れる読売を出すのに血道をあげているから、そんな馬鹿げた話を思い浮かべるのだ、と頭ごなしに叱責されるに違いない。

落ち着いてみれば、夢想もはなはだしい、と自分を責めたが、

「いや、ありえるわよ。十分にあることよ」

松子は目を爛々と輝かせた。

そこへ、徳川京四郎こと、徳田京四郎がやってきた。

いつものように片身替わりの小袖を着流している。左半身が、浅葱色地に真っ

いた。
赤な牡丹。右半身は、白地に咆哮する虎が金糸で縫い取られ、紺色の帯を締めて
役者顔負けの華麗な装いは、うらぶれた浪人とは無縁だ。
加えて、月代を剃らずに髷を結う、いわゆる儒者髷を調える鬢付け油と小袖に
忍ばせた香袋が、甘くて上品な香りを漂わせてもいる。きりりとした面差しと相
まって、まさに将軍の血筋を感じさせてもいた。
「松子、打ち込みに格好の場所はあったか」
京四郎は、まだ打ち込みを続ける気だ。ところが、浅草の奥山、両国広小路と
いった盛り場は、大道芸人が縄張りを持っている。先だって、浅草奥山で打ち込
みをおこなえたのは、たまたま、そこで大道芸を披露していた芸人が病で休んで
いたからだった。
そんなこととは露知らず、打ち込みをやろうとしたところ、居合を演じている
浪人が、
「すみません、ここ、わしの持場なんですわ。ちゃんと、ショバ代も払ってます
し……」
申しわけなさそうに訴えてきた。

暮らしがかかっているに違いない。生活を奪うのは気が引けるゆえ、京四郎はおとなしく引きさがった。

今日は両国まで足を伸ばしたが、奥山同様、大道芸人たちは各々の持場で芸を競っていた。

「世の中、甘くはないな」

京四郎らしからぬ弱音を吐いたものの、諦められずに両国のあちらこちらを散策していたのだ。

「松子、よいショバは見つかったか」

京四郎は松子に問いかけた。

「いいえ、そう都合よく見つかりませんよ」

松子が返すと、「そうだろうな」と京四郎は文句をつけず、

「このあたりを仕切っているやくざ者に掛けあうか」

と、空を見あげた。

恨めしいほどの晴天である。

「京四郎さま、そこまでしなくてもいいじゃありませんか。やくざに頭をさげるなんて、天下無敵の素浪人、徳田京四郎の名折れですよ」

松子が諭すと、

「それもそうだな」

京四郎は納得した。

ここで松子は、さきほどの男女のやりとりを聞かせることにした。

「それより聞いてくださいよ。大変なことが起きそうなんです」

両目を見開いて切りだすと、

「白昼夢でも見たか」

京四郎は顔をしかめる。

予想どおりの反応にめげることなく、

「そんなことおっしゃらないで、聞いてくださいよ」

松子は、男女のやりとり、「あの人をやってくれるかい」「ああ、任せろ」を語り、自分の妄想を付け加えた。

「きっと、殺しが起きますよ」

「へ〜え」

生返事をするばかりで、京四郎は取りあわない。すると、ついつい意固地になってしまう。

「きっと、後添いの亭主殺しに違いありませんよ！」

「おい、声がでかいぞ」

京四郎は呆れ顔だ。

松子は手で口を覆い、周囲を見まわしてから声の大きさを落として、

「じゃあ、どう解釈するんですよ」

「べつに深い意味はないだろう」

「そんなはずありませんよ」

「ならば聞くがな、松子の考えどおりとして、どうしたいんだ」

「そりゃあ……」

松子は言葉に詰まった。

「亭主殺しをやめさせようって言うのか。そんなことできないぞ。松子はやりとりを交わしていた男女の素性を知らないし、顔すら見ていないんだろう」

「それはそうですが……」

「深追いはせずに、聞き流しておけばいいんじゃないか。事件は起こるまではわからんものだ。それに、読売というのは起きた事件を記事にするもので、起きるかもしれない事件を扱うものじゃないだろう」

そのとおりの正論で、ぐうの音も出ない。
松子は、なにも手の施しようがないという現実を嚙みしめた。
そこで、さあさ、お立ち会い、という大道芸人の声が耳に入った。
芸人は一文銭を取りだし、つうっと油を垂らす。
何人かが立ち止まって見入る。ほどなくして、見物客が増えていく。
気をよくしたのか、芸人は笑みを深めた。
と、そのとき、
「きゃあ！」
耳をつんざくような女の悲鳴があがった。
気分を削がれ、顔をしかめたところで、
「殺しだ」
という声がする。
見物客の間に、殺しだという言葉がさざ波のように広がってゆく。こうなると、
松子は放ってはおけない。
「ね、京四郎さま、殺しが起きたじゃありませんか」
得意がってはいられない、と松子は駆けだした。殺しの騒ぎが起きているのは、

広小路をはさんで向かいにある茶店だ。野次馬の群れを掻き分け、入っていく。
縁台の間、土間に、男が仰向けに倒れていた。胸には匕首が突き立っている。匕首が栓の役割をしているのか、血は流れていない。男は紬の着物に黒紋付きを重ね、白い足袋が目につく。歳はよくわからないが、中年のでっぷりとした男である。

身形からして、大店の主に違いない。

京四郎もやってきた。

「どうです、あたしの言ったとおりになりましたよ」

自慢げな松子を無視し、京四郎は黙って亡骸に視線をそそいだ。

そこへ、

「どけ」

という居丈高な声がする。

「あばたの旦那だ」

誰ともなく声があがり、野次馬を蹴散らすようにしてやってきたのは、あばた面の中年男だった。松子が周囲の者に確かめると、北町奉行所定町廻り同心、三塚一郎太だそうだ。

三塚は岡っ引をひとり従えていて、この男は小吉というらしい。だが、猿に似ているところもあって、猿吉と陰口を叩かれているのだとか。

「どきなよ、見世物じゃねえんだ」

十手を振りかざし、小吉が喚きたてる。まったく、いけすかない男たちだ。

三塚が松子に気がつき、

「おい女、こんなところで、なにをやっているんだ」

いかにも目障りだと言わんばかりに、睨みつけた。

「旦那、あたしはですよ、下手人の見当がついているんです」

松子が胸を張った。

「ふん」

三塚は、小馬鹿にしたように鼻で笑う。

「よけいな口出しは、勘弁願いますぜ」

小吉が松子の介入を拒んだ。

「話くらい聞いてくださいな」

松子の頼みを、

「素人は黙ってろ」

右手をひらひらと振って、三塚はまるで取りあわない。

「聞いてくださいよ」

それでも、むきになって身を乗りだす。

「ほらほら、出ていった、出ていった」

小吉が、松子の前に立ち塞がった。

その態度には、腹が立つ。おまけに小吉は、小馬鹿にしたような薄笑いを浮かべているとあって、

「知らない！」

ついには堪忍袋の緒が切れ、松子は茶店から出た。京四郎が近寄ってくる。

「女だからって馬鹿にして……」

悔しそうに松子はつぶやいた。

両国広小路を、八丁堀同心の威光を笠に着て、肩で風を切って歩く三塚。

その虎の威を借りる小吉……。

この界隈では、蛇蝎のごとく嫌われているふたりであった。

彼らは十手をちらつかせながら、商売をしている床見世や大道芸人に因縁をつけては袖の下を受け取り、つけだと称してただで飲み食いを繰り返していた。

「あいつらを出し抜いてやりましょうよ」

松子は持ちかけたが、

「やめとけ」

京四郎は乗り気ではない。

「一度、ぎゃふんと言わせてやりますよ」

「触(さわ)らぬ神に祟(たた)りなしだぞ」

「あんな奴らが神じゃありませんよ」

「茶店の殺しが、松子が聞いた男女のやりとりにあてはまるとは、かぎらないじゃないか」

京四郎の口ぶりは冷静だ。

「間違いないです。あたしの勘は当たるんですよ。まあ、見ていてくださいよ、予想どおりの展開になりますから」

こうなると意地である。

京四郎が顔をしかめたところで、ひとりの女が茶店へ駆けこんでいった。歳のころは、二十五、六の年増だ。友禅染(ゆうぜんぞめ)の小袖に紅色の帯を締め、丸髷(まるまげ)を飾る鼈甲(べっこう)の櫛(くし)と笄(こうがい)はいかにも値が張りそうだ。

――大店の後添いに違いなし。

途端に、松子の顔が輝いた。

二

「ありゃ、後添いですよ。あのあわてよう……いや、いかにもあわてた素振りです」

松子は、すっかり探索する気になっていた。

「現場の検分に、しばらく時がかかるぞ」

京四郎が言うと、松子は周囲を見まわした。

盛り場とあって、いい具合に茶店の斜め向かいに縄暖簾がある。そこで一杯やろうと、京四郎を誘って足を向ける。

酒と聞いて、つい京四郎も付き合ってしまった。

暖簾をくぐると縁台があり、そこに腰かけて、

「熱いの頼みますね」

松子が調理場に声をかける。

まだ、日があるせいか、店の中はまばらな客である。京四郎も松子と向かいあわせに腰かけた。

主人風の男が、

「ああ、お光ちゃん、どこへ行っていたんだい」

と、裏手から入ってきた娘に声をかけた。

「すみません、見世物小屋の催しがなにか、確かめにいってきたんです」

娘は謝りながら、調理場に向かった。

すぐに、ちろりに入った燗酒を女中が運んできた。

「肴はね、するめの炙ったの、それから、煮しめに湯豆腐に……」

気が高ぶっているのか、松子は必要以上に頼もうとした。

「とりあえず、それくらいにしておけ」

京四郎に止められ、松子は、まずそんだけ、と言った。あっという間に一杯目を飲み干し、京四郎はちろりを振って、

「替わりをくれ」

と、お光に頼んだ。

お替わりの酒を持ってきたお光に、松子は聞く。

「ねえ、お向かいの茶店で殺しがあったんでしょ」

「そうですってね。あばたの旦那と猿吉親分が出張ってきましたよ」

お光は、ふたりをあだ名で呼んだ。

「それを出し抜いてやろうと思っているの」

松子が告げると、お光は関心を抱いたようだ。

「それって、おもしろい」

ほうぼうから、「お光ちゃん」と声がかかる。お光は看板娘のようだ。

「でも、殺しの探索って、どうするんですよ。亡くなった人の素性はわかったのですか」

お光の素朴な疑問に、松子は首を横に振ってから、

「まだ知らない。そんなの猿吉に確かめればいいわよ」

こともなげに言う。

「猿吉親分が話してくれるわけないじゃありませんか」

「だから……」

松子はお光を手招きし、耳元でささやいた。

「ちょっと、色目を使っておくれでないかい。お光ちゃん、顔は見知ってるんだ

ろう」

頼んでから松子は名乗り、読売屋を営んでいると打ち明けた。

「嫌ですよ」

お光の眉間に皺が刻まれた。

「ちょっとだけ」

両手を合わせる松子に、根負けしたようにお光はため息を吐く。

「わかった。おもしろそうだからやってみる」

「恩に着るわ」

と、松子は酒の追加と一朱金を手渡した。

格子窓の隙間から外に目をやると、おりよく茶店から小吉が出てくる。これから、聞き込みをおこなうようだ。

お光が暖簾をくぐって外に出た。それから黄色い声で手を振った。

「親分」

「なんでえ」

小吉は鼻の下を伸ばし、近づいてくる。松子と京四郎は、格子窓に近づき聞き耳を立てた。

「殺しですって」

「そうなんだよ」

「誰ですか、殺されたのは」

「ま、いいじゃねえか」

さすがに小吉も、警戒心を呼び起こしたようだ。

「なんだ、つまんない」

お光は口を尖らせ、小吉の二の腕をつねった。いかにも思わせぶりな態度だ。

小吉の顔が、さらににやにやにさがり、

「神田司町の炭問屋、三河屋の旦那で、茂平さんだよ。いま後添いがやってきて、亡骸とご対面した。えらく泣かれて大変だったぜ」

「大店の旦那か……で、下手人の見当はついているの」

「これからだ」

「でも、店の中で刺されたんでしょ。お客が見ていたんじゃないの」

「それがな、刺されなすったのは、裏にある厠に立ったときなんだ」

「じゃあ、刺されたまま店まで戻ったの」

「そういうことだな。殺しの現場を見た者がいるかもしれねえ。これから、聞き込みをするところだぜ」

「それは大変ね」

「なに、じきに挙げてみせるぜ」

「頼もしい」

「……ところで、どうでえ。今晩あたり、付き合わねえか。月見でもしようじゃねえか」

調子に乗って、小吉はお光に言い寄る。

「あっ、あばたの旦那がこっちを見てますよ」

咄嗟（とっさ）にお光は、斜め前を指差した。途端に小吉が、

「いけねえ。なら、これでな」

と、そそくさと聞き込みに向かった。お光はにんまりしながら、暖簾をくぐって戻ってきた。

「やるじゃないの」

松子は褒めた。

「嫌な真似させないでくださいよ」

言葉とは裏腹に、お光は楽しそうだ。

「これからも頼むわね」

さらに一朱金を二枚、お光に握らせてから、京四郎に話しかけた。

「神田司町の三河屋といえば、大店ですよ。しかも、さっき茶店にやってきたのは、後添えってことですよね。あたしの読みどおりですよ。怖いくらいに、ずばっと当たりましたね」

松子は自画自賛した。

「松子姐さん、さすが読売屋さんだけあって、いい勘しているんですね」

お光の称賛に、まんざらでもない顔で松子は答える。

「だから、言ったじゃない。連中を出し抜いてやるって」

そして京四郎に向いて、興奮気味に言った。

「おもしろくなってきましたね。では、後添いを捕まえてやりましょう」

「まあ、そうあわてることはない」

京四郎が止めると、

「でも、奴らに先を越されますよ」

俄然、松子はやる気だ。

そのとき、茶店に大八車がつけられた。ほどなくして、茂平の亡骸が運ばれてくる。亡骸は荷台に乗せられ、その上から筵が被せられた。

そして、亡骸に付き添うかのように、さきほどの女が出てきた。

「あれ」

お光が首をひねった。

「知っているの」

松子が聞く。

「見間違えかもしれませんけど」

お光は確信が持てないようだ。

「いいよ、思っていることを言って」

「ずいぶんと様子が変わったんで、どうかなって思うんですけどね。見世物小屋で水芸をしていた、お滝さんじゃないかなって」

「お滝……」

「二年前にぷっつり居なくなったって思っていたんですけどね。その時分には、ずいぶんと評判でねえ、お滝さん目あての客が、見世物小屋に押しかけていたもんですよ」

お光は懐かしげに目をしばたたいた。

「水芸のお滝さんね」

松子は何度もうなずき、お滝の顔と名前を脳裏に刻んだ。

ここに至って、京四郎も若干興味を抱いてきたようだ。

「三河屋は、見世物小屋で水芸を披露しているお滝に惚れて、後添いにしたってわけか」

「きっと、お滝が男に頼んで、亭主を殺めたんですよ」

松子の決めつけに、お光は目を丸くした。

「おい、先走るな」

即座に、京四郎が打ち消した。

「十中八九、間違いありません。調べりゃはっきりします」

自分でも驚くくらいに、松子は確信に満ちた物言いをした。

「ともかく、見世物小屋をあたってみるか」

京四郎が乗り気になったのを、

「そうこなくちゃ」

松子は喜び、勘定を済ませると、見世物小屋へと向かった。お光から、小屋を仕切っているのは席亭の万次郎という男だと聞いてある。

見世物小屋は、菰掛けの大きな建屋だった。木戸番と話をしているのが万次郎だった。松子が、「お席亭」と声をかけた。

「おや、役者さんかい。うちの小屋に出してくれって頼みにきたんだろう。でもいまは無理だな。出番はないよ」

お光によると、万次郎は人の話を聞かない男として知られているそうだ。

片身替わりの華麗な着物に身を包んだ京四郎と、女だてらに袴を穿いている松子を見て、売れない役者だと思ったようである。

自分勝手にべらべらとまくしたて、京四郎の着物は品がない、松子の袴は不似合いだ、などと好き勝手に並べたあげく、

「なら、これで」

と、踵を返そうとした。それを松子が引き止め、

「お席亭、違うんですよ」

「なにが違うんだい。おまえさんの形はね……」

またしてもあげつらおうとしたのを、松子が制した。

「昔、お滝さんという女が出ていたでしょう」

「ああ、水芸の。いや、たいした評判でね。それが二年前だったか、三河屋の旦那に見初められて」

「三河屋茂平さんは、後妻としてお滝を迎えたんですね」

松子が念押しをする。お光の見立ては間違いなかった。やはり、あの女はお滝である。

「そうですよ。でも、それがどうかしたんですか」

万次郎は訝しんだ。

「さっき、茶店で殺しがあったでしょう」

「物騒な騒ぎが起きたもんだ。おかげで、こちとらあがったりだ。なんて言ったって、どんな曲芸よりも本物の殺しのほうが、人の耳目を引くってもんだからね。で、どうしたんだい」

万次郎の長広舌に飽き飽きしたように、京四郎が明かした。

「殺されたのは、三河屋茂平なんだよ」

これには万次郎も唖然として言葉を失った。

「あたしは、夢殿屋という読売屋なんですよ。それでひとつ、下手人探しをしようって、張りきっているんです」

　松子は胸を張った。

「へ～あんた、読売屋……でもって、三河屋さん殺しの下手人を挙げようってんだ。そりゃまた、勇ましいこったね」

　なぜか、万次郎はぺこりと頭をさげてから、気になるようで京四郎に視線を向けた。

「こちら、近頃評判の徳田京四郎さまですよ」

　松子が教えると、

「ああ……天下無敵の素浪人、徳田京四郎さまですか。こりゃどうもお見それしました。いやあ、評判は耳にしていますよ。どうですか、うちの小屋に出ていただけませんか。なあに、ちょこっと舞台にあがって、刀を二、三度、振りまわしていただければ……もちろん、お礼は弾(はず)みますよ」

　ずうずうしくも、万次郎は満面の笑みで頼んでくる。

「いや、趣味の悪い着物なのでな。舞台には不似合いだろう」

　京四郎は皮肉たっぷりに断った。

　ばつが悪そうに、万次郎はお辞儀をした。剽軽(ひょうきん)な仕草(しぐさ)でまことおかしなものであったが、松子は大真面目な顔を崩すことなく言った。

「お滝さんが懇意にしていた男はいますかね」

「懇意というか、懇ろの男がいたね」

「どんな男です」

「勘介っていってね、まあ、言ってみればやくざ者だよ。ちょいと男前なのをいいことに、ほうぼうの女に貢がせて安楽に暮らしているって奴だ」

万次郎の目が剣呑に彩られた。

「男の風上にも置けませんね」

松子も怒りをあらわにした。

「ところが、女ってのは、そういう男に惚れるもんなんだね」

訳知り顔で万次郎は言った。

「で、その勘介は、いまどうしているんですか」

松子が確かめると、

「まだ、両国でくすぶっているようだよ。ああいう男だからね、貢がせる女をとっかえひっかえ、いい気なもんさ」

「どこに住んでいるんです」

「薬研堀の長屋、そう、大福長屋だ」

大福長屋とは、家主が和菓子屋で、大福でひと儲けして財を成したことから通称されているそうだ。

「ありがとうございます」

松子が礼を言ったところで、

「徳田さま、機嫌が直ったら、いつでも舞台にあがってくださいね。首を長くして待っていますからね」

性懲りもなく万次郎はぺこぺこと頭をさげ、京四郎に頼みこんだ。

それを聞き流し、京四郎と松子は薬研堀の大福長屋へ向かった。

三

両国西広小路は相変わらずの賑わいで、喧騒のなかに茶店での殺しの噂が聞こえてくる。

「かなりの評判ですね」

松子が言う。

「だろうさ。でもな、噂好きは江戸っ子の常だが、飽きっぽいというのも江戸っ子だからな」

京四郎が返すと、

「ですから、いち早く読売にしないといけないんですよ。下手人が捕まったらすぐに出せば、それはもう売れますよ」

例によって、松子は捕らぬ狸の皮算用をはじめた。

ふたりは、薬研堀の大福長屋へとやってきた。

薬種を煎じるときに使う薬研のような街並みであることから、薬研堀と言われている。その一角に、大福長屋はあった。

木戸で勘介の家を確認する。たしかに勘介は住んでいるようだ。

木戸をくぐり、路地を進む。路地をはさんで、両側に棟割長屋が建っている。日あたりはよく建物が新しいせいで、裏長屋という感じはしない。

「けっこうな住まいですね」

松子は羨ましそうに言った。それを聞き流し、棟割長屋の真ん中あたりに、勘介の住まいはあった。

「邪魔するぞ」

閉じられた腰高越しに、京四郎が声をかける。

ところが返事はない。京四郎は腰高障子を、何度か叩いた。それでも返事は返されない。

「留守ですかね」

松子が言ったところで、

「開けてみるか」

京四郎は腰高障子を開けた。

途端に、

「きゃああ！」

松子が腰を抜かさんばかりに悲鳴をあげた。土間を隔てて小上がりになった板敷で、男が倒れていた。しかも、胸には匕首が突き立っている。

「し、死んでますよ」

松子はおろおろとしている。

京四郎は家の中に入りこむと、亡骸を検めた。縞柄の袷に茶の献上帯、身形には気を遣っている様子が、はっきりと読み取れる。

「勘介ですかね」

恐る恐る松子が言った。

「おそらくな」

「すると、下手人はまさか……お滝ってことじゃ」

「決めつけるな」

顔をしかめ、京四郎がぴしゃりと言った。

松子の描いた筋書では、お滝が亭主茂平を殺したのは、三河屋の財産を手に入れ、勘介と一緒になるためである。

それならば、お滝が勘介を殺すはずはない。

「筋書きどおりには進まないってことか」

松子がつぶやいたところで、

「邪魔するぜ」

と、入ってきたのは小吉で、背後に三塚もいる。

ふたりは亡骸を見るやいなや、

「な、なんでえこれは」

小吉が目をぱちくりとさせた。

「死んでいたんですよ」

松子が言うと、

「大家を呼んでこい」

三塚は小吉に命じた。


ややあって現れた大家は、亡骸が勘介であることを確認した。

「どういうこった」

小吉は居丈高に問うてくる。

「だから、何度言ったらわかるんだ。おまえ、頭が悪いな。それで、よく十手持ちが務まるよ。あ、そうか、務まっていないんだな。いいか、もう一度繰り返すぞ。おれたちが来たときには、すでに勘介は殺されていたんだ」

京四郎が小馬鹿にしたような物言いで説明をした。小吉は腹立たしそうだったが、京四郎をただ者ではない、と見たのか口をつぐんだ。

あばた面をゆがめながら、三塚が京四郎に言った。

「茶店のときも殺しの現場にいたな。ここでもってのは、いくらなんでも都合よすぎるんじゃねえのか」

「都合よすぎのわけを話してやるよ。その前に、あんた方がどうしてここにやってきたのかを聞かせろ」

「十手御用だ。おまえらに話す必要はない」

三塚は鼻を鳴らした。

「なら、当ててやろう。三河屋茂平殺しを追ううち、後添いのお滝に興味を持った。そして調べるうちに、お滝が両国で水芸をやっていたことを突き止め、勘介と懇ろな関係を持っていたことも知った。それでてっきり、お滝が勘介に殺しをやらせたのではないかと見当をつけ、ここまでやってきたというわけだ」

京四郎が考えを述べると、

「そのとおりだが、よく、わかったな」

小吉と顔を見あわせ、三塚は返した。

「それくらいのこと、少し考えればわかるさ」

「で、どうしてここにいるんだ」

三塚はその質問に立ち返った。

「あんたらを出し抜こうと思ったんだ」

躊躇(ためら)いもなく京四郎は言い放った。横で松子が大きくうなずく。

「ふん、おれたちを出し抜くだと。笑わせてくれるじゃねえか」

言葉どおり、三塚は大笑いを放ったところで、

「で、おまえらも、こいつを下手人と目星をつけたってことだな……ところで、素人だてらに殺しの探索なんぞやるっていうと、おまえら何者だ」

と、疑わしそうに目を凝らした。

松子が胸を張って答える。

「あたしは夢殿屋という読売屋の女将で、松子です。こちらは、天下無敵の素浪人、徳田京四郎さまですよ」

「徳田京四郎……聞いたことあるぞ。めっぽう強いらしいが、読売屋の先棒を担いでいるのか。ま、いいや。言っとくがな、読売屋風情に先を越されやしないぞ。舐めるんじゃねえ」

形相をゆがめ、三塚は言い返した。

「読売屋風情で悪うございましたね。あたしにも、読売屋の意地がありますよ。負けませんからね」

三塚は鼻で笑った。

「で、おまえらも、お滝が勘介に、旦那の茂平を殺させたと思ってるんだろう。なら、こいつは誰に殺されたんだ」

「そりゃ、お滝ですよ。口封じにね」

「だが、おまえらの推量だと、そもそもお滝は勘介と一緒になりたくて茂平を殺したはずだが」

「だから、算段（さんだん）が外れたんですよ。勘介は別に女をこさえていたんです。なにしろ、勘介は女に手が早かったそうですからね」

答えながらも、松子の声が細ってゆく。

「おかしいじゃねえか。ほかに女がいるんなら、お滝の言うことを聞いて茂平殺しなんていう危ない橋を渡るとは、とうてい思えねえぜ」

「そりゃつまり……なんですよ……」

松子が言葉を詰まらせたところで、

「だから、素人はすっこんでろってんだよ」

三塚と小吉は顔を見あわせてニヤついた。腹は立つが、分が悪くなったのはたしかだ。

なんとか考えをまとめようと松子が身構えたところに、三塚から強烈な一撃を食らわされた。

「それにな、この亡骸、よおく見るんだな」

三塚は亡骸の脇にかがみ、顔や首筋を指で押した。

「かちんかちんだ。勘介がお陀仏して、だいぶ時が経っているってことだぜ。少なくとも、茂平が殺されたよりも前だと思うぜ」

勝ち誇ったように三塚が言うと、松子はおろおろしだした。

「夢殿屋の女将さん、おわかりになったようですね。天下無敵の素浪人さまも」

とどめを刺すように、小吉が言い足した。ぐうの音も出ないとは、このことだ。

「とうしろの探索ごっこは、この辺で終わりにするんだな」

腰の十手を抜き、三塚は頭上に翳した。

京四郎が、

「ならば、茂平殺しとのつながりはあるのか」

と、問いただした。

「さてな、なんとも言えねえな。それを調べるのが、これからの役目ということさ。さあ、どいた、どいた」

蝿でも追い払うようにして、三塚は手を振った。その威勢に追いたてられるように、松子と京四郎は外に出た。

勘介の家をあとにして路地を抜け、長屋の外に出る。途端に、松子が恐縮しき

りとなり、

「京四郎さま、すみません。とんだ見当違いのようでした」

「ちょっとの間、楽しんだ。それにな、まだ諦(あきら)めたわけじゃないぞ」

京四郎はめげていない。

「下手人を挙げようというのですか」

「決まっているだろう。あいつらに目にもの見せてやるさ」

京四郎の言葉に、松子も俄然、闘志をよみがえらせた。

すると、木戸の陰に、ひとりの女が立っているのが見えた。

——お滝。

茂平の女房、そして勘介の女である。

松子と目が合った。お滝はすぐに視線を逸らし、歩き去ろうとした。それを引き止め、そばに歩み寄る。京四郎は離れたところで見守った。

「お滝さんですね」

「………」

お滝は黙って見返す。

「三河屋さんのご新造(しんぞう)さんですよね」

それでも返事をしないお滝に、

「返事くらいしてくれてもいいでしょう」

困ったように松子は言い添えた。

「わたしに、なにか御用ですか」

むっとした表情で、お滝は口を開いた。

この声……。

見世物小屋の裏で聞いた声だろうか。記憶を呼び覚ますが、あの声かもしれないし、そうでない気もする。

素性（すじょう）を明かしたうえで、松子は問いを重ねた。

「両国西広小路の茶店で、ご亭主が殺されなすったでしょう。読売屋の性分で、下手人探しをしていたんですけど、たどりついたのが、この長屋の住人、勘介さんというわけで……」

お滝の様子をうかがおうと、目をのぞきこんだ。お滝の目は、勘介の名前が出た途端、あきらかに動揺で揺れた。

「お滝さんも、勘介さんを訪ねてきたんじゃないんですか」

「ええ、それは」

言葉は曖昧だが、お滝の狼狽ぶりは肯定を示している。

「会いにきたとしても、会えませんよ。勘介さんは亡くなったんですからね」

「し、死んだ……あの人が」

お滝は唇をわなわなと震わせた。

「殺されたんです」

「そんな……」

「いま、町方の役人と目明かしが検分中ですよ。顔を出すと、厄介なことになりますね。どうです、ちょっと話を聞かせてくれませんか」

躊躇うお滝を、松子は強引に連れて、近所にある稲荷へと入った。

「お滝さん、両国西小路で水芸をしていたんですってね」

「は、はい」

「そこで茂平さんに見初められ、後添いに入ったってわけだ。で、勘介さんは昔の男だった。そうですよね」

「あんた、なんでもお見通しなんだね」

お滝の口調が変わった。はすっぱな物言いとなったのは、この女の本性ということだろうか。気圧されてはならないと、松子はお滝を見据えて続けた。

「正直に打ち明けますがね、あたしはお滝さんが、勘介さんに亭主殺しを頼んだのだとばっかり思っていたんですよ」

松子の推量を聞いた途端、お滝は腹を抱えて笑いだした。

「あんた相当なもんだね。よくもまあ、あたしが亭主を殺させたなんて馬鹿な話、こさえられるもんだ。これだから、読売は信じられないんだよ。あはははっ」

お滝はおかしくてならないようだ。

むっとして松子は確かめた。

「昼間、見世物小屋の裏にいませんでしたか」

「いませんよ」

それがどうしたと、お滝は言いたげだ。

「お滝さんに似た女を見かけたんですけど」

鎌をかけてみた。

「どこにでもある顔だからね」

「いいえ、お滝さんは別嬪（べっぴん）ですよ。水芸は大評判だったそうだし、大店の旦那に見初められたんだし」

「お世辞はこの際、嬉しくありませんよ」

お滝はしれっと答える。

「じゃあ、なんの用で勘介さんを訪ねてきたのですか」

「答えなきゃいけないんですか」

「それは勝手ですよ。ただね、亭主が殺された直後に昔の男を訪れるというのは、いかにも勘繰りたくなりますよ。読売屋じゃなくたって、気になるってもんでしょう」

「疑われるなんて心外だ。なら、教えてあげるよ。勘介はね、性懲りもなく小遣いをねだりにきていたの」

「つまり、強請られていたというわけですか」

「そういうこと。それでね、あたしは、ひょっとして、勘介がうちの人を殺したんじゃないかって思ったんですよ。というのは、うちの人、今日、あの茶店で勘介と会うつもりだったのさ」

「そうだったんですか」

これは予想外の答えだった。

「あたしは、うちの人に洗いざらい打ち明けたの。勘介って奴の女だったって。叩きだされるのも覚悟でね。その勘介って男が、亭主にばらされたくなかったら金を出せと強請ってくるって、泣きついたわよ」

「茂平さんはわかってくれたの」

「自分が話をつけるって、今日、あの茶店で勘介と待ちあわせてくれたのさ」

「ところが、亭主は殺されてしまった。お滝さんは、てっきり勘介さんが茂平さんを殺したと思って、ここへやってきたんだね」

「そういうこと、どうだい、これで得心がいっただろう、読売屋さん！」

語調を強めたお滝だったが、

「とりあえずの筋は通っているようね」

のらりくらりと松子が返すと、

「なんだい、その物言いは。失礼しちゃうわ」

お滝はぷいと横を向いてしまった。

かまわずに、松子は続ける。

「だったらお滝さんだって、勘介さんと旦那さんを殺した下手人を知りたいでしょう。お滝さん、誰の仕業(しわざ)か心あたりはありませんか」

ない、と否定されると思いきや、

「ま、なくはないけどね」

思わせぶりにお滝は言った。

胸の高鳴りを押さえられず、松子は勢いこむ。

「誰ですよ」

「さてね」

お滝は勿体ぶった。

「打ち明けてくださいよ」

「でもね、読売に書かれでもしたら、先方に迷惑をかけちまうよ」

「証もないのに、書きません。夢殿屋の読売は、真実しか載せないんです」

「どうだろうね」

少しの間、考えこむと、

「じゃあね、こうしよう。ひとまず、うちの人の葬儀が一段落してから、また来ておくれな。そのときにでも、気が向いたら教えるよ」

と、松子の返事を待たずに、お滝は走り去っていった。

四

二日後、まだ日も暮れぬうちから、京四郎と松子はお光の縄暖簾で、ふたたび酒を酌み交わした。

するとそこへ、小吉がやってきた。いかにも、お光目あてといった風である。

松子と京四郎を見つけると、

「おや、おそろいですね。素人同心と素人目明かしさんよ」

小吉は皮肉たっぷりに声をかけてきた。

松子は無視したが、京四郎は言い返した。

「玄人、下手人の目星はつけたんだろうな」

まだですよ、と小吉は肩をすくめ、

「お光ちゃん、熱いのくんな」

と、頼んだ。するとお光は、

「親分、殺しの探索はどうなったのですか」

と、好奇心丸出しで問いかけてくる。

「おや、お光ちゃん、気になるのかい」

「だって、この界隈で起きた殺しですよ。しかも、どっちも匕首でひと突きだなんて……嫌でも気になるじゃありませんか」

「まあ、遠からず下手人を挙げてみせるぜ」

小吉は腕まくりをした。

「見当がついているんですか」

松子が語りかける。小吉は鼻を膨らませながら、得意げに答える。

「まあ、何人か怪しいのがな」

すかさずお光が、

「教えてくださいよ」

「馬鹿、言っちゃあいけない。素人は口出し無用ってもんだ」

「まあ、そう言わず」

松子はお光に、燗酒を小吉に振る舞うよう頼んだ。

「奢られたからって、気安く口を割るような小吉さんじゃござんせんぜ」

そう言いながらも、松子から差し入れられた酒を、小吉は美味そうに飲んだ。

とどめとばかりに、お光が小吉のかたわらで酌をする。

小吉は、たちまちやにさがった。

「親分、気にかかってしかたありませんよ。だって、ぶすりと人を刺しちまう危ない奴がうろうろしているんじゃ、安心できないもの」

お光が甘えた声で語りかけた。

「それもそうだな」

小吉の目尻がさがる。それから、何杯も酌をするうちに、小吉はすっかりできあがってしまった。

「で、誰なんです」

頃合いを見計らって、松子が踏みこんだ。

「お、おす、す、ずって女よ」

呂律が怪しくなり、聞きとりづらい。

お光が、もう一度言って、と頼み、「お鈴」だとわかった。

「そのお鈴さんて、何者ですか」

松子が聞くと、

「勘介のこれさ」

小吉は小指を立てた。

「どこにおるのだ」

それまで黙って聞いていた京四郎が、やおら尋ねた。

するとお光が、

「お鈴って……見世物小屋で手妻遣いをしているお鈴さんですか」

「そ、そ、そうよ」

しゃっくりをしつつ、小吉は答えた。

「どうして怪しいのですか」

今度は、松子が聞く。

小吉は、松子とお光、それに京四郎から質問攻めにされて混乱したようだ。

虚ろな目で、三人の顔を交互に眺めながら、

「最近、勘介と揉めていたって話を耳にしたんだ」

「それだけなの」

「いいや、三塚の旦那はな、さすがに目のつけどころが違うぜ」

小吉はまたも、ひくっと大きくしゃっくりをした。

「どんなこと考えているの」

「さっきな、おれたちは三河屋へ行ったんだ。通夜の前とあって、ゆっくり話も

できなかったが、後添いのお滝に会ってきたぜ。そうしたらな、お滝は勘介から強請られていたことを、茂平に打ち明けていたんだ」

どうやらお滝は、三塚と小吉にも同じことを言ったようだ。

もっとも、町方の役人から追及されれば、口を割らないわけにはいかないだろう。それにしても、なんだかお滝に裏切られたような思いがした。

そもそも、通りすがりの読売屋に過ぎない松子に、義理立てする必要などありはしないのだが。

「で、茂平はな、お滝との手切れ金五十両を、勘介のために用意したっていうじゃねえか」

「それで」

小吉は、猪口をくいっと空けた。なんだか不穏な空気が漂ってくる。

「三塚の旦那は、こう考えなすった。お鈴は勘介からそのことを聞いた。それで、かねてより勘介と仲違いをしていたお鈴は、思いあまって勘介を殺した。そして今日の昼、あの茶店で勘介と待ち合わせるためにやってきた茂平を、五十両を奪うために殺したというわけだ」

頬を火照らせ、小吉は酒くさい息を吐いた。

「それなら、お鈴はすぐに逃げだすだろう。それが、まだ見世物小屋にいるというのは、どういうことなんだ」

　京四郎が強い口調で問いただす。

「そら、今日で一座の出番が終わるからさ。明日からは、どさまわりがはじまるらしいんでね」

　ここまで言ったとき、暖簾が大きく揺れた。

「こら、酒なんぞ飲みおって」

　現れた三塚に怒鳴りつけられ、小吉はぴくんとなって立ちあがった。が、その足元はおぼつかない。

「しょうがない奴だ。水だ。丼に汲んで持ってこい」

　三塚の剣幕に、お光も素直に調理場へと向かった。

「おい、よけいな詮索はなしだぜ」

　三塚が凄んできたので、松子は口を尖らせた。

「なにもしていませんよ」

「ならいいんだがな。ま、おまえらの探索ごっこもお仕舞いだ。これから、下手人を挙げるんだからな」

「お鈴さんを」

松子に指摘され、

「なんだと、どうして、おまえ、それを……」

三塚の顔がゆがんだかと思うと、ちょうどお光が持ってきた丼を奪い取り、小吉めがけて水を浴びせた。小吉は、鼻の頭を赤らめながらもしゃきっとなり、

「すいません」

と、何度も腰を折る。

「べらべらしゃべりおって。まあいい。これからお鈴をお縄にする。行くぞ」

三塚は小吉の頭を、ぴしゃりと叩いた。

「ちょっと、待ってください」

松子が立ちあがる。

「なんだ」

不快そうに振り向いた三塚に、松子は訴えかける。

「いまは舞台の真っ最中でしょう」

「それがどうした」

「見物客の楽しみを奪うんですか」

「お鈴は舞台に立っているんだ。それこそ、お縄にする好機だ。それにな、実際の捕物を見られるんだ。見物客だって大満足だろうぜ」

三塚は言うと、小吉を連れて表に出た。お光が調理場から塩を持ってきて、表に撒(ま)いた。

「さてと、おれたちも行くか」

京四郎が腰をあげる。

「どこへ行くんですよ」

「決まっているだろう。見世物小屋だ」

答えるや、京四郎は勢いよく表に出た。あわてて松子は勘定を済ませて、あとを追った。


見世物小屋へ着くと、松子が木戸番に木戸賃を払い、ふたりは中に入った。

舞台に、お鈴の姿があった。可憐(かれん)な衣装を身に着け、舞台で曲芸を見せている。短刀をお手玉のようにして、巧みに操っている。

その見事さと言ったら、見物客の目を釘(くぎ)付けにしていた。さすがに、三塚もお縄にすることを躊躇っているようだ。

「どうしたんです」

見物席にいる三塚に、松子は声をかけた。三塚は忌々しげな顔をしている。

「頃合いを見計らっているんだ」

三塚は渋面を作った。

「いまはまずいですよ」

「そんなもの知るか。ええい、もう待てぬわ」

横で船を漕いでいる小吉の背中を、三塚は叩いた。

あわてて小吉は目を覚ました。

「馬鹿、しっかりしろ」

三塚は小吉をうながすと、腰をあげた。それから、見物客を掻き分け、舞台そばへと進む。見物客のなかには気づいた者もいたが、大半は舞台上のお鈴に釘付けである。

舞台は佳境に入っていた。そこへ小吉があがり、三塚が続いた。見物客の間から、訝しみの声があがる。

「お鈴、御用だ」

小吉が声をかけ、三塚も居丈高に叫んだ。

「観念しな！」

お鈴は、お手玉のように操っていた短刀を止め、ふたりに向く。小吉がもう一度、御用と叫んだところで、

「いいぞ」

という声が、見物席からかかった。

舞台上で、芝居でも繰り広げられていると思ったようだ。その声に気をよくしたのか、三塚は声を張りあげて、さらにお鈴に迫る。

「なんですよ、あんたら」

目をむくお鈴に、

「お鈴、三河屋茂平と遊び人勘介殺しの咎(とが)で、お縄にする」

それに反応して、どっと見物席が沸いた。

「冗談じゃござんせんよ」

お鈴は一笑に付した。

「冗談じゃないんだ」

三塚にうながされ、小吉はお鈴に迫った。お鈴は小さく悲鳴をあげると、背後に逃げる。それを、小吉が追った。

舞台の上では軽業師（かるわざし）たちが、何事が起こったのかと混乱しながらも、とりあえずお鈴を助けようと小吉の前に立ち塞（ふさ）がる。

「どきやがれ！」

小吉が怒鳴る。

「お鈴ちゃん、逃げな」

ひとりの軽業師がそう叫んで、小吉につかみかかろうとする。

続いてやってきた三塚が、腰の十手を抜いた。

「御用の邪魔立てをするか！」

その甲走った声によって、見物客がざわめいた。舞台で繰り広げられているのが芝居ではなく、本物の捕物だと気がついたのだ。

やおら、お鈴は見物席に飛びおりた。小吉も追いかける。

しかし、誰ともなく、お鈴を助けようという客がいるもので、行く手を阻（はば）んだ。

見世物小屋は、大混乱に陥（おちい）った。

この騒ぎに乗じて、お鈴は小屋の外に逃れようとしているのか、松子たちがいる方向へと近づいてきた。

松子が京四郎に確かめる。

「どうします」

「しかたない」

京四郎が、お鈴の前に立ちはだかる。

「どきな」

お鈴は険のある目を向けてきた。両手を広げた片身替わりの華麗な着物姿の京四郎を、お鈴は侍ではなくどこかの役者と思ったのか、たじろぐどころか、

「どかないと、ぐさりといくよ」

短刀を手に、女とは思えないどすのきいた声を放ってきた。

「やってみろ」

京四郎は平然と返す。

腰を落としたと思うと、お鈴は短刀を突きだした。

それより速く、京四郎は大刀の柄を突きだす。柄頭が鳩尾を打ち、お鈴の動きが止まった。そこへ、三塚と小吉が駆けつけてきた。

「お鈴、御用だ」

三塚が言うと、小吉がお縄にした。そのまま番屋へ連れていくという。

「礼くらい言ってくれ」

不愉快そうに、京四郎は声をかけた。

「礼を言うぜ」

いかにも気持ちのこもっていない礼を、三塚は述べたてた。

「あたしゃ、やってませんよ！」

その間も、お鈴は喚きたてている。

「とぼけるな！」

「本当ですって」

お鈴は髪を振り乱し、自分が無実であることを主張してやまない。まわりの見物客は、お鈴に同情的である。

「やってないってよ」

「証でもあるのかい」

そんな声が飛んでくる。さすがの三塚も、周囲の声を無視できなくなった。

「逃げたのが、なによりの証拠だ」

ところが、

「そりゃ、舞台で突然、お縄だなんて言われたら、誰だって逃げたくもなりますよ」

お鈴の声に、「そうだ、そうだ」という、まわりからの声があがる。それに押されるように、

「よし、楽屋を調べるぞ。こいつが奪った五十両があるはずだ」

と、三塚が言った。

「楽屋でもどこでも調べておくんなさいよ！」

お鈴が金切(かなき)り声をあげた。

「こいつを逃がすな」

三塚は小吉にきつく言うと、お鈴ともども楽屋へと向かった。京四郎は松子をうながして、ついていく。

「なんだ」

引っこんでろといわんばかりの、三塚の態度である。

「お鈴を捕まえたのはおれだぞ」

京四郎はむっとして返す。

「ま、いい。ただし、手出しは一切無用だ」

三塚に釘を刺され、京四郎と松子は楽屋へと入った。

楽屋は、舞台の裏手に設(もう)けられた板敷(いたじき)である。お鈴の荷物は、柳行李(やなぎごうり)に入れら

れ片隅に置かれている。

「乱暴に扱わないでくださいよ」

お鈴が注意したが、そんなことはなんのその、小吉は柳行李をひっくり返して調べていく。

「ちょっと」

険のある声を出したお鈴だったが、三塚が、かまうことはない、と取りあわない。小吉は荷の中に手を入れて、ごそごそとやっていたが、

「なんだ、これ」

と、大きな声を出す。

次いで、じゃらじゃらと小判が出てきた。

「数えてみろ」

三塚は舌舐めずりをする。小吉も勇んで数える。

「二十五両ですぜ」

「そうか」

してやったり、と三塚はお鈴を見た。お鈴は首を横に振りながら、

「知りませんよ、そんな金」

「おう、往生際が悪いぜ」

凄（すご）む三塚に、

「知りませんたら」

なおも、お鈴は頑強に否定する。しかし、それで逃れられるものではない。

京四郎は首をひねり、口をはさんだ。

「茂平が持参したのは、五十両のはずだ」

途端に小吉が、

「二十五両を持ってるだけでも怪しいってもんですよ。それに、茂平も勘介も、心の臓をひと突きだ。ひとりなら、まぐれってこともあるかもしれませんが、二回もとなると、下手人は相当な腕ですぜ。舞台で、お鈴の短刀遣いはご覧になったでしょう」

小吉が言うように、状況的にはお鈴は真っ黒だ。

だが、京四郎の胸は晴れない。

抵抗も虚（むな）しく、お鈴は近くの自身番に引き立てられていった。

三塚は去り際に、

「これで、一件落着だな」

と、京四郎と松子をねめつけて立ち去った。

京四郎も松子をうながして表に出る。

「お鈴で決まりですね」

松子が言うと、意外にも京四郎は首をひねった。

「そうかな……」

「五十両の半分だけど、二十五両が出てきたじゃありませんか」

「だが、お鈴は否定していた」

「言い逃(のが)れですよ」

「それにしては真に迫っていたがな」

京四郎は、なんだか後味の悪さを感じずにはいられなかった。

五

「冴えないね」

表に出た途端に声をかけてきたのは、お滝である。

「ふん」

松子は横を向く。

「どうしたんだい」

お滝に問われ、

「お鈴がお縄になったさ」

「へえ、こいつは驚いた」

わざとらしく、お滝はのけぞった。

「お滝さんが、三塚にちくったんだろう」

「ちくったなんて、人聞きが悪いことを言わないでよ」

お滝はかぶりを振る。

「聞き込みに来た町方に、お鈴のことを話したんですね。あたしに話してくれるといってた下手人の心あたりってのも、お鈴さんのことだったんでしょう」

「そりゃ、町方の旦那に聞かれれば言いますよ。亭主が殺されたんですからね。その探索をしてくださっているんですから、お手助けをするのは当然じゃございませんか。それに、あのお鈴って女は、たしかに怪しかったからねえ」

しれっとお滝は答えた。

「そうかな、あたしは、なにか裏があるような気がしてならないわ。お鈴さんの仕業じゃ、いかにも安易にすぎるような気がするのよ」

「じゃあ、誰が下手人だと見当をつけていなさるんですか。まさか、わたしって言うんじゃないだろうね」

お滝の目は挑戦的だ。

そこへ、京四郎が割って入り、

「そうなのか」

と、お滝を睨(にら)んだ。

「そんなはずござんせんよ」

お滝は自信たっぷりだ。


それから京四郎と松子は、割りきれない思いで両国西広小路をぶらついた。

「松子は、お滝がてめえの亭主とマブを殺したと推量しているんだろう」

京四郎が尋ねると、

「はい、あたしはお滝の仕業だって確信していますよ」

「だったら、勘介が殺されたであろう日の、お滝の詳細な行動が知りたい。おおかた、茶屋で茂平が殺された日と同じか、もしくは前日あたりだろうがな」

「それくらいだったら、あたしが確かめてみますよ」

松子の言葉に、

「その役目、おれが引き受けるよ」

「ええっ」

一転して協力的になった京四郎に、松子は戸惑ってしまう。

「いや、あたしがやりますよ。言いだしっぺですからね。それに、京四郎さまは目立っていけません。その派手な格好で、八丁堀の旦那でもないお侍がお滝の店でうろうろと聞き込みなんてしたら、そりゃ、店の者は警戒しますよ」

お光ちゃんの店で待っていてください、と言い残すと、京四郎の返事を待たずに松子は急ぎ足で立ち去った。


しかたなく、京四郎はお光の店の暖簾をくぐった。

すぐに、お光が笑顔で迎えてくれる。

「お鈴ちゃんがお縄になったんですって」

お光は心配そうだ。

店が混みあってきたため、話は打ち切り、お光は接客にあたった。京四郎はひとり、酒を飲みはじめた。

半時ほどして、暖簾が揺れて松子が入ってきた。

「おお、待ってたぞ」

京四郎は銚子を掲げてみせる。松子は京四郎と差し向かいで座り、酒を受ける前に言った。

「お滝はどうも白かもしれません。茂平が殺された日は足取りがはっきりしているし、その前の晩は、三河屋から一歩も外に出ていませんでした」

三河屋の奉公人や近所で聞き込みをおこない、そのことを確かめたそうだ。

いつの間にか、お光が松子の話を聞いていた。すっかり、殺しの探索にのめりこんでしまったようだ。

お光が、

「これで決まりですよ」

と、言うと、

「そうそう」

松子もうなずく。

「でもな」

京四郎は気持ちが晴れない。諦めが悪いからなのか、それとも、意固地なのか。とにかく、すっきりとしなかった。


浅草奥山の自身番(じしんばん)では、引き続き、お鈴の取り調べがおこなわれていた。

三塚はお鈴に、茂平が殺されたころどこにいたかを問うた。

「出番前に投げ文があったんですよ。両国橋の東のたもとで待つって。それで、両国橋を渡りました」

「誰が寄越した」

「書いてませんでしたけど、勘介かなって思って出かけました」

しかし、待ちぼうけを食ったという。

「その投げ文、見せてみろ」

「捨てましたよ」

「ふん、苦しい言い逃れだな」

三塚は取りあわなかった。

お光の店では、依然として京四郎は得心がいかず、顔を曇(くも)らせている。

「京四郎さま、やっぱりお鈴が下手人ですよ」

松子が語調強く言うと、

「そうですよ」

お光も同意した。

「わかったよ」

渋々返事をしたところで、岡っ引の小吉が入ってきた。小吉は京四郎と松子を見ると嫌な顔をし、離れた場所に席を取ろうとしたが、

「まあ、一杯どうだ」

京四郎がなかば強引に、自分のそばに招き寄せた。

「なんでえ、あんた、まだ殺しにこだわっていなさるのかい」

小吉は浮かない顔である。

「どうした、下手人をお縄にしたっていうのに。冴えない顔じゃないか」

京四郎に銚子を向けられ、ほんの一瞬だけ躊躇ったあと、小吉は猪口を差しだした。

「お鈴の野郎、しぶといったらねえや」

小吉は舌打ちをする。

「口を割らないんですか」

松子が媚びるように尋ねる。小吉は不愉快そうに首を縦に振った。

「そら、お鈴が下手人じゃないからさ」

京四郎の言葉に反発しそうになった小吉だが、力なく視線を落とし、

「絶対やってませんて、その一点張りだ」

「二十五両のことは、なんて言っているんです」

松子が聞くと、

「知らぬ、存ぜぬだ。そんな大金が手に入ったら、すぐにこんなところ出ていく、だとさ。舐めやがって」

小吉は猪口をあおった。

「本当に下手人ではないのじゃないか」

繰り返された京四郎の言葉に、小吉は反発すると思いきや、

「なんだか、おれもそんな気がしてきたんでさあ」

弱気になる小吉である。

「三塚の旦那は、どう言ってなさるんですよ」

松子の問いかけに、小吉は小さくため息を吐いた。

「あくまでお鈴がやったって、旦那は言ってなさるよ」

「なら、お鈴ですよ」

松子が鼻を鳴らした。お光も気になるらしく、そばで京四郎たちのやりとりを聞いている。他の客から声がかかっても、知らん顔だ。

「でもな、おいらの見たところじゃ、三塚の旦那だって、自信が揺らいでいなさるぜ」

小吉の言葉に、京四郎の目が見開かれた。

「だが、それを言いだせないんだ。おれは、お鈴の口を無理やり割らせるってのは、どうも寝覚めが悪くてしかたねえ」

その言葉の裏を読めば、このままでは、お鈴を拷問にかけて無理やり自白を引きだすつもりなのかもしれない。

「だけど、あばたの旦那、あ、いや、三塚の旦那だって、面子(めんつ)ってものがあるでしょう。見世物小屋で、ああも大っぴらにお鈴ちゃんをお縄にしたんじゃ、いまさら引けませんよ」

お光に指摘され、

「そうなんだ、そこだよなあ」

舌打ちをした小吉に、京四郎が身を乗りだした。

「だがな、濡れ衣を着せて獄門台に送るってのは、絶対に許されないぞ」

「はあ、まあ、そうなんですがね……ところで、徳田さまはいまでも、お滝の仕業って思っていなさるのかい」

小吉が京四郎に問いかけてきた。京四郎が答えようとする前に、

「お滝は白ですよ」

と、松子が言った。訝しむ小吉に、松子は京四郎に頼まれてお滝の行動を探ったことを付け加えた。

「そうか、お滝は白か」

小吉は残念そうだ。

「お鈴も白だ」

京四郎は断言した。

「そんなこと言っていいんですか」

松子が危ぶむと、小吉がふと発した。

「そういやあ、お鈴は出番の前に、投げ文で呼びだされたと言っていた。呼びだしておいて、待ちあわせ場所には誰も来なかったって……三塚の旦那は信じちゃ

いないがな」

「それは、お鈴に殺しの濡れ衣を着せるための、下手人の細工だ」

京四郎が断じると、松子が異議をとなえた。

「京四郎さま、決めつけはよくないですよ」

いつもとは立場が逆だ。

「お鈴が下手人でないとしたら、こりゃ、一から出直しだぜ」

小吉は頭を抱え、こうしてはいられない、と店から出ていった。

このとき、京四郎の脳裏にひらめくものがあった。

茂平殺しのときの、ある光景がまざまざとよみがえってきたのだ。

京四郎は小吉を追って、店を飛びだした。

店に残った松子はお光相手に酒を飲もうとしたが、お光は忙しく客の間を注文取りにまわっている。

「お光っちゃん、こっちもよ」

松子は頭上で徳利を掲げる。お光は銚子の替わりを持ってきて、

「おや、どうしたの、徳田さま……」

「小吉親分を追いかけていきなすったよ」

松子は呆れたような口ぶりである。

「どうしても、お鈴ちゃんの濡れ衣を晴らそうってなさっているのかね」

お光は危ぶんでいる。京四郎を心配しているのだろうかと松子は思った。

「こうなったら執念ね」

「まさか、お鈴ちゃんに惚れているのかしら」

「お光ちゃん、気になるのかい」

お光はほんのりと頬を赤らめたが、

「そんなことないけど、そこまで肩入れするっていうのもね」

「自分の推量が外れたのが悔しいのかもね」

「松子さんも、お鈴ちゃんは白だって思うの」

「いや、どうかしらね。ほかに下手人はいそうもないものね」

「わたしもそう思う。ねえ、そのこと、松子さんから言って、徳田さまを納得させてあげて」

お光に頼られ、松子は胸を叩いてみせた。

そこへ、京四郎が戻ってきた。その顔はにこやかだ。

「なにか、いいことありましたか」

松子が聞くと、お光も京四郎に引きこまれるようにして、じっと見つめる。

「明日の朝、お鈴を解き放つそうだ」

京四郎は言った。

「まあ……」

お光は口を半開きにした。

「一から聞き込みをやり直すそうだぞ。きっと、これまでに見えてこなかった事実が浮上するだろう。おれもやり直す。ま、今日は寝るがな。明日からだ」

京四郎はお光に、酒の追加を頼んだ。

「どうだ」

銚子を松子に向ける。

ふたりは、しこたま飲んだ。


京四郎が見世物小屋の裏にやってきたときには、夜九つをまわり、すでに日付が変わっていた。夜空を彩る有明の月が、冴え冴えとした輝きを放っている。

夜風が、酒で火照った頬を撫でる。心地よさで、思わず口笛を吹きそうになるのを諫め、松の木陰に身をひそめた。

　すると、足音がする。

　目を凝らすと、女が見世物小屋の裏口から身を入れようとした。

「待っていたぞ」

　京四郎が声をかけると、女はびくっとなって振り返った。

　夜陰に月明かりを受けたお光の顔が、ほの白く浮かびあがった。

「徳田さまじゃござんせんか。どうしたんですよ、こんなところで」

　声音は明るいが、微妙に震えている。

「おまえこそ、なにをしに来た……いや、答えなくてもよい」

　言うや、京四郎は大刀を繰りだした。刃先が、お光の着物の袖を切り裂く。

　と、同時になにかが落ちた。月光に山吹(やまぶき)色の煌(きら)めきを放つのは、小判だった。

「二十五両だな。おまえが茂平を殺して奪い、お鈴に罪をなすりつけようとした五十両の半分だ」

　お光は面を伏せ黙っていたが、やがて顔をあげ哄笑を放った。

「欲張っちまったのが、命取りですね。五十両そっくりお鈴の荷に入れておけばよかった。半分もらおうって欲を出したのがいけなかったんだ」

「どうして、勘介と茂平を殺したのだ」

「お鈴には、勘介を寝取られたんですよ。勘介だけじゃない。ここに来る前、あたしも、お鈴と一緒の一座にいたんです。そんときも、お鈴には男を取られた。まったく、お鈴って女は……」

お光は悔しそうに唇を噛んだ。

「勘介への仕返しと、ついでに茂平を殺して金をいただこうって算段したんですよ。そっくり罪をお鈴に着せるつもりでね」

あるとき、お光は勘介の家を訪ねた。昔からの縁で、いまでもたまに逢う仲であった。そのとき勘介から、ある話を聞いたのだ。

三河屋茂平の女房を、昔のネタで強請っていたら、とうとう旦那にばれてしまった。これはまずいと思ったが、なんと旦那の茂平は、手切れ金などと称してよけいに五十両を用意してくれるのだという。

――とんだお人好しだな。会って金をもらう日が、待ち遠しいぜ。

そんなことを言って、勘介は笑っていた。

そのとき、お光の心のなかに、邪(よこしま)な企みが生まれたのだった……。

ため息をついたお光は、ふと気になったことを京四郎に尋ねた。

「どうして、あたしが怪しいって思ったんですよ」

「殺しへの関心の高さだ。それと、おまえはお鈴が下手人だと、しきりにおれに納得させようとしていた」

「それだけですか」

「いや、おまえは岡っ引の小吉と話しているときに、二件の殺しが匕首によるものだと知っていた。茂平の件は野次馬が多かったからともかく、勘介のほうは、三塚が現場をすぐに封鎖してしまったはずだ。当てずっぽうにしたって、亡骸の状態はそうそうわかるものではない。なのに、おまえは当然のようにふたりともが刺殺だと語っていた」

そこで京四郎は言葉を切り、なにかを思いだすようにして続けた。

「そういえば、茂平が殺されたころ、店を留守にしていたな。ちょうどおれたちも店に入ってきたときだったから、よく覚えてるのさ。おまえは主人にどこへ行った、と問われ、見世物小屋の出しものを確かめにいった、と答えた。今日が楽日だ。出しものは確かめなくともわかっていたはずさ。そのときにおまえは、茂平殺しをおこない、後処理をして店に戻ってきたのだな」

「………」

お光は口を半開きにしたが、すぐに肩を揺すって笑った。

「あたしもどじだね」

「観念しろ。どのような理由があれ、人を殺めることは許されん。自身番に出頭するのだ。おれが付き添ってやる」

お光の笑い声がおさまった。

と、次の瞬間、お光の右手が懐に入れられた。次いで、短刀が飛んでくる。

刀身が月光を弾き、妖艶な輝きを見せる。

咄嗟に、京四郎は短刀を村正で叩き落とした。

しかし、お光は次々と短刀を放つ。

村正を、車輪のように回転させた。

目にもとまらぬ早業で投げられた短刀が、ことごとく白刃によって弾き飛ばされる。刀身と短刀がぶつかりあい、闇のなかに火花が散った。

「往生際が悪いぞ」

短刀を投げ尽くしたお光に、京四郎は村正の切っ先を突きつけた。

お光の身体が弧を描いた。京四郎の頭上を飛び越え、ひらりと後方におりる。

　そのまま駆けるお光を、京四郎は追いかける。

　やがて、お光の行く手が、松で遮られた。

　一瞬立ち止まったお光を目がけて、京四郎は大刀を投げる。

　大刀はお光の身体を貫き、幹に突き刺さった……と思いきや、刺し貫かれたのは、お光の着物の衿だった。

　お光は身動きがとれず、観念したようにがっくりとうなだれた。


　三日後、秋日和のなか、松子はひとりで両国西広小路にやってきた。

　大道芸人が、

「いざ」

　一文銭を頭上高く放り投げる。

　銭は、蒼天の空に吸いこまれる。つられたように見物客も空を見あげた。銭が落下してくるや、一瞬、銭の穴の隙間から帰燕の群れが見えた。

「ええい！」

　裂帛の気合いとともに、芸人は鑓を繰りだす。

　銭は、見事に鑓に貫かれた。

やんやの喝采を浴び、投げられたたくさんのご祝儀を受け取るのを横目に、松子は見世物小屋の裏手にやってきた。

と、そこへ、

「うちの人、やっておくれな」

「任せな」

あのときの女と男に間違いない、と確信して振り返る。

松子に振り向かれ、男と女はびっくりしたように立ち尽くした。が、すぐに女の顔が綻び、

「明日、初日です。見にいらしてくださいね」

女と男は、明日から見世物小屋で上演される芝居の役者たちだった。

——なんだ、芝居の台詞の稽古だったんだ。

自分の迂闊さに赤面して火照らせた頬を、さわやかな秋風が撫でていった。

第四話　詐欺から出た埋蔵金

一

長月に入り、石堂奇嶽と秩父講に関して、ふたたび悪い噂が流れていた。金の採掘量が増加しない、佐渡金山には遠く及ばない、という話が、まことしやかにささやかれているのだ。

しかし、表立ってそれを言いたてる者はいない。秩父講が採掘をおこなっている山が、六代将軍徳川家宣の側室だった日照院の所領にあるからだ。八代将軍選任の際、日照院はいち早く紀州藩主だった徳川吉宗を推挙した。これにより、いまなお大奥や幕閣に、強い影響力を持っている。

幕府に、採掘現場を調べる動きはない。

金札を大量に購入した者の間では、約束の金額が支払われるのか、ひょっとしたら元金も戻ってこないのではないか、という不安の空気が流れている。

それでも、秩父講への恐れと、最悪の事態にはならないという根拠のない思いこみで、大きな声をあげないでいるようだ。

そんな長月三日の昼、でか鼻の豆蔵がやってきた。

「姐さん、石堂奇嶽って山師のことは知っているだろう」

いきなり、豆蔵は切りだした。

「もちろんよ。詐欺まがいの金札を売ったり、帰雲金なんて得体の知れない埋蔵金を貸している、希代の山師ね。で、石堂がどうしたの。親分、お縄にしてくれるのかい。お縄にしてくれたら十両払うよ」

松子はなかば冗談、なかば本気で言った。

「十両とは景気がいいじゃないか。ま、それだけ、石堂は大物ってことだな。でもな、ちょいと相手が悪すぎるぜ。腕っこきの十手持ち、でか鼻の豆蔵さんにも手にあまるな」

自慢しながらも、豆蔵は首を左右に振って断った。

「やっぱり、親分でも怖いものがあるんだね」

松子は肩をすくめた。

「あたぼうよ」

豆蔵は鷲鼻を指で撫でた。

「それで、今日はどんなネタがあるの」

松子に問われ、

「その石堂奇嶽って山師先生にまつわるネタよ」

礼金をせしめようと、豆蔵は右手を差しだした。松子はその手をぴしゃりと叩き、渋面を作った。

「ネタの価値次第だって、いつも言っているじゃないの」

悪戯を咎められた悪餓鬼のようにべろっと舌を出して、

「いつもながら手厳しいね」

とぼやいてから、豆蔵は話を続けた。

「じつはな、石堂が差配を振るっている山に送られた坑夫が、行ったきりになっているんだ。生きているのか死んでいるのかさえわからないって話だぜ。秩父講ってのは、ますます怪しいぜ。まあ、鉱山の穴掘りなんてな、もともとひでえ仕事だがな。成り手はめったにいないから、佐渡なんか、お上が無宿人を召し捕って送りこんでいる。秩父講は佐渡より給金がよい、という売り文句で、坑夫を募集しているがな」

肩をすくめ、豆蔵は「触らぬ秩父講に祟りなしだ」と言い添えた。

「ふ～ん、でも、坑夫のみなさんは、ちゃんとした口入れ屋の斡旋で、秩父講に雇われたんだよね。まさか、口入れ屋も石堂の手下ってことかい」

松子は訝しんだ。

「そこまではわからない。探ろうかって思ったけど、怖気づいちまった」

豆蔵にしては弱音を吐いた。いや、元来が十手を笠に着て威張る、いわゆる十手風を吹かしている男なのだが……。

それにしても、秩父講は闇が深そうである。もし、最悪の事態、つまり、金札が紙屑になったり、帰雲金の貸し付けが実行されなかったら、取り付け騒ぎだけでは済まないだろう。

大金を投じた者のなかには、財産を失って路頭に迷ったり、一家心中などという不幸な事件が、江戸のそこかしこで起きるかもしれない。

「そうそう、石堂と両替屋、竜宮屋金兵衛は、帰雲金とかいう埋蔵金の貸し付けをやっているでしょう。そっちのほうはどんな具合なの」

松子が帰雲金の話題を持ちだすと、

「帰雲金ってのが、これまた曲者なんだよ」

豆蔵は思わせぶりな笑みを浮かべながら、「ここらで」とふたたび礼金を要求した。

「しょうがないね」

文句を言いながらも、松子は机上の銭函の蓋を開け、一分金を取りだし、差しだされた豆蔵の手のひらに乗せた。

豆蔵は、さっと一分金を着物の袂に入れてから話しだした。

「貸し付けがおこなわれるのは、来年の弥生からだそうだぜ。つまり、秩父講がやっている金の採掘が、軌道に乗ってからってこった。それまでは、帰雲金は採掘の作業に優先して使われるんだってさ」

「それって、話が違うんじゃない」

松子が危惧すると、

「帰雲だけに、雲行きが怪しくなってきたってわけだ」

趣味の悪い冗談を豆蔵は言い、自分で笑った。松子はにこりともせず、

「貸し付けを受けるにあたって、なんだかんだ費用が必要じゃない。証文作りの費用だのなんだって手数料が。そのお金はどうなるの」

「そりゃ、貸し付けがおこなわれるって前提の費用だからな」

「もし、金を借りるのをやめるから、手数料を返してほしいって、竜宮屋金兵衛に掛けあったら、金兵衛は応じるのかしら」

「それがな、金額の多寡によるらしいぜ。百両借りるのに必要な手数料が、十両くらいだそうだ。それだと、返金に応じるそうだ」

「じゃあ、借りたい金額が大きいと……」

　答えはわかりきっているが、読売にするには正確さ、真偽を確かめねばならない。

　案の定、

「手数料が五十両以上、つまり五百両以上の貸し付けを申しこんだ場合は、応じてもらえないそうだ」

「どうして……」

「金兵衛の奴、貸付証文に、手数料の返金には応じないと記してある、の一点張りだそうだ。記してあるって言ったって、裏面に細かい字でちょこちょこって書いてあるんだとか。たいがいの者が読み落とすって話だぜ」

　豆蔵は舌打ちをした。

「金札もそうよね。たくさん買った者は返金に応じない。それも、金札の裏面に小さな字で記してあるんだって。ほんと、ずる賢い連中ね。あたしは引っかからないけどね」

松子は胸を叩いた。

ふと見ると、豆蔵は苦い顔をしている。

「あら、親分、ひょっとして……親分に帰雲金の貸し付けが持ちかけられるわけないから、金札を買ったの」

松子が問いかけると、

「ま、金札をな」

渋面となって、豆蔵は認めた。

「でも、そんなにたくさんは買っていないっていうか、親分じゃ、買えないでしょう」

辛辣(しんらつ)な松子の言葉に、豆蔵は怒るどころかしょんぼりして、

「それがな、金札のことを耳にしてな。こりゃ、濡れ手で粟(あわ)だって、つい欲を掻いちまったんだ」

と、打ち明けたところによると、豆蔵はたくさんの金札を購入しようと、馴染

みの博徒に手入れの偽情報を持ちこんでは、礼金を巻きあげていたのだとか。

「それで百両ばかり掻き集めてな、金札を買ったんだ」

豆蔵はため息を吐いた。

「ということは……」

松子は机上の算盤玉（そろばんだま）を弾いた。

三分の金札が一両になるのだから、百両分購入すれば、約百三十三両になって戻ってくるということだ。

「三十両以上、儲かるはずなんだが、秩父講の怪しさを思うと、百両まるまる損しそうだぜ」

豆蔵は両手で頭を抱えた。

「でも、親分、自分の金じゃないんでしょう」

「そりゃそうなんだがな……」

「自分の懐を痛めたわけでも、額に汗して働いて得たお金でもないんでしょう。だったら、諦（あきら）めやすいじゃない」

励ましとも批難ともつかない言葉を松子にかけられ、豆蔵は気を取り直したように、ぴしゃりと頬（ほお）を叩いた。

「秩父講に関するネタ、もっと集めてくるぜ」

二

二日後の五日の昼さがりである。

夢殿屋に竜宮屋金兵衛がやってきた。

奥の座敷で、京四郎と松子が応対する。

いつものごとく京四郎は、片身替わりの小袖姿、左半身が白地に真っ赤な牡丹、右半身は紫地に金糸で雲と望月が縫い取られていた。

松子は薄桃色地に菊の花を描いた小袖に草色の袴、洗い髪が微風に揺れている。

「……秩父講、帰雲金、石堂奇嶽。ろくな評判を耳にしないな」

金兵衛の顔を見るなり、京四郎はずばりと言った。

「これは、手厳しい」

金兵衛は手で、自分の額をぴしゃりと叩いた。

かまわず、京四郎は続けた。

「秩父に金山などない、帰雲城の埋蔵金も嘘だ、と潔く表沙汰にしたらどうだ。

で、金札を買った者、帰雲金の手数料を巻きあげた者に金を返すんだな。そうすれば、死罪はまぬがれ、遠島で済むやもしれん」

「そんな……島流しだって御免こうむりたいですよ。あたしも石堂先生も、世のため人のために立ち働いたんですからね」

開き直りとすら受け取れる、金兵衛の言葉と態度に、とうとう松子は我慢ならなくなった。

「盗人猛々しいっていうのは、竜宮屋金兵衛さんのことを言うのね」

金兵衛は臆することなく、

「こりゃ、一本取られましたな」

と、声をあげて笑ったが、京四郎はそっぽを向き、松子は険しい顔とあって、金兵衛は笑顔を引っこめて居住まいを正して言った。

「本日まいりましたのは、ぜひとも力を貸していただきたい一件があるのです」

「金兵衛さん、どこまで面の皮が厚いの。呆れるのを通り越して、感心しちゃうわよ。ほんと、詐欺まがいのことをやっといて、ぬけぬけと……」

松子は同意を求めるように、京四郎を見た。

意外にも京四郎は激することなく、

「場合によっては聞いてやらなくもない」

「京四郎さま、騙されてはいけませんよ。きっと、ろくでもない魂胆があるんですから」

すかさず松子が口をはさんだが、金兵衛は、

「いかにも、悪巧みですよ」

もはや、言葉で飾ろうともしない。自暴自棄になったのか、それとも、これも金兵衛流の計略なのか。

いずれにしても、悪事への加担を求めてきているに違いない。

「ならば、聞く。腹を割らなければ、斬るぞ」

京四郎の口調は穏やかで、口元に微笑すらたたえているが、有無を言わせない迫力を漂わせている。それはしっかりと金兵衛にも伝わったようで、額に汗を滲ませた。

京四郎は続けて問いかけた。

「秩父講、帰雲金、いずれも嘘だな。詐欺であるな」

「お見通しのとおりでございます」

金兵衛は両手をついた。

松子は責めたてようとしたが、京四郎に止められた。

「ならば、奉行所に出頭しろ」

京四郎が告げると、

「そういたします」

素直に金兵衛は受け入れた。松子は怪訝そうな顔で、金兵衛を見る。

「その前に、わたしは責任を果たさなければなりません」

途端に松子が、

「そんなこと言って、結局、逃げるんでしょう。わかっているんですからね」

文句をつけて、頭から信じようとしない。

まあ、話だけでも聞いてください、と金兵衛は断ってから、しおらしい顔つきで語った。

「騙したみなさまに、大事なお金を返したいのです。返金が済んだら、潔くお縄になります。金札を購入したり、帰雲金の借入で手数料を支払ったりしたみなさんにお金が戻らなければ、わたしごときがお縄になったところで、しかたがありません」

「じゃあ、さっさとお金を返せばいいじゃないの。みなさんから騙し取ったお金が、ごっそり残っているんでしょう。神田三河町の会所にあるの。それとも、隠し場所があるの。もしかして隠し場所って、秩父講の鉱山じゃないの」

矢継ぎ早に、松子は問いかけた。

「会所には千両ばかりあります。もちろん、それは返金にあてます」

金兵衛の答えに、

「千両じゃ足りないでしょう。有り金を全部吐きだしなさいよ」

強い口調で、松子は言いたてた。

「秩父講には、千両ばかりが残るだけです」

罪の意識のかけらも感じさせない物言いで、金兵衛は返した。松子が怒りを爆発させる前に、

「ですが、あてがあります」

金兵衛は言いたてた。

「ははあ〜ん。新手の詐欺で金集めをしようっていうんでしょう。で、京四郎さまの手助けを得ようって……京四郎さま、こんな男の口車に乗っては――」

松子の言葉を制し、黙っているよう言ってから、

「話してみろ」

京四郎は金兵衛に向かって顎をしゃくった。

お辞儀をしてから、金兵衛は語りはじめた。

「じつは、秩父講の鉱山近くに、山の神が守るという場所があります。そこには、正真正銘の埋蔵金が眠っているのです。ただし、山の神の守護者がおりまして、おいそれと近づけません」

松子は肩をすくめ、「ほんと性懲りもないわね」と詐欺だと決めつけていた。

京四郎は話の続きをうながす。

「石堂先生は、秩父講の金山発掘のかたわら、周辺の村に伝わる落ち武者の言い伝えを調べていたのです」

村の言い伝えでは、豊臣秀吉の小田原征伐で滅んだ北条氏の残党が、いつしか御家再興をはかろうと、金一万両を秩父講近くの山に埋めたそうだ。

帰雲金十万両にくらべれば、一万両は現実味がある……いや、どのみち詐欺に決まっているのだから、金額の多寡は意味がない、と松子は思い直した。

金兵衛は、その一万両を掘りだして騙した人々に返金したい、と言い添えた。

「帰雲城の埋蔵金話と変わらないな。帰雲金にかぎらず、埋蔵金にまつわる詐欺は昔からごまんとある。そんな使い古された手で、おれを担ごうというのか」

京四郎は冷笑を放った。

金兵衛は大きく手を左右に振って否定してから、必死の形相で訴える。

「正直なところ、石堂先生もわたしも万事休すで、秩父の埋蔵金に賭けるしかないのです」

「その前に確かめたい。帰雲金十万両は日照院に献上した、と申したな。十万両、どうやって日照院に渡したのだ」

「日照院さまには、現金としましては千両だけ献金し、残り九万九千両は切手をお見せしました。九万九千両ものお金を現金でお届けするのは物騒(ぶっそう)です、という理由をつけましたら、ご了解いただけました。それで、帰雲金の運用とご領内での金山採掘のお許しを得たのです」

という金兵衛の答えを受け、松子は顔をしかめた。

「世間知らずの日照院さまを騙したのね」

ふっ、と京四郎が苦笑を漏らし、

「日照院に嘘がばれたのか」

と、問いかけた。

金兵衛が答える前に、

「姐さん、おもしろいネタを持ってきやしたぜ」

店から豆蔵の声が聞こえた。

「ったく、親分たら」

水を差され、松子は眉根(まゆね)を寄せた。

「ちょっと失礼します」

断りを入れ、店に向かおうとしたところで、京四郎が松子に言った。

「豆公のネタ、秩父講や帰雲金に関するものだったら、ここに連れてこいよ」

「ええ……よろしいんですか」

金兵衛の目を気にしながら、松子は問い直した。

「かまわんさ。金兵衛の話とくらべてみれば、おもしろいじゃないか」

京四郎は金兵衛を見た。

「わたしは大丈夫でございますよ」

けろっと金兵衛は答える。

京四郎にうながされ、松子は座敷を出た。

戻ってくるまで、金兵衛は虚勢を張ってか、鼻歌混じりの余裕を見せた。

ほどなくして、松子が豆蔵を連れて戻ってきた。豆蔵は金兵衛をちらっと見てから、松子の隣に座った。

「豆公、こいつを知っているな」

京四郎に問われ、豆蔵は用心深げに答える。

「竜宮屋金兵衛さんですよね」

次いで、京四郎は、

「金兵衛、この男は悪徳……いや、敏腕の岡っ引、でか鼻の豆蔵親分だ」

と、豆蔵を紹介した。

「こりゃ、十手持ちの親分さんですか」

慇懃に頭をさげた。

豆蔵は、「ふん」と鷲鼻を鳴らし、

「金兵衛さんよ、あんたや石堂先生、年貢の納めどきのようだな」

と、睨んだ。

反発すると思いきや、

「よくぞ、お見通しで」

素直に認めた。

「どういうこと」

松子が豆蔵に確かめる。

「どうやら、日照院さまが亡くなってしまったらしいんです。つまり、金兵衛さんや石堂先生は、大事な後ろ盾をなくしてしまったというわけで」

豆蔵の言葉を受け、金兵衛は日照院の冥福を祈るかのように両手を合わせた。

わざとらしい真似をしやがるぜ、と豆蔵は聞こえよがしにくさした。

松子も同意するように、二度、三度首を縦に振る。

「日照院さまが亡くなって、いよいよ悪事が暴きたてられるな。これまで日照院さまを憚って、見て見ぬふりをしてきた町奉行所ばかりか、勘定所、それに公儀御庭番まで動きだしたって話だぜ。お縄になるのも時間の問題だな」

ここぞとばかりに、豆蔵は責めたてた。

「ですから、最後の賭けをしようと、徳田京四郎さまを頼ったのですよ」

金兵衛は動じない。

豆蔵はむっとして、

「今度は、秩父にある北条の残党が埋めたっていう埋蔵金詐欺をしようとしているらしいな。だがな、江戸の町人だって、おめでたい奴らばかりじゃないぜ。そうそう騙されるもんか」

声を荒らげて言い返した。

「親分、思い違いをなさっていますよ。あたしも石堂先生も、金札や帰雲金でご迷惑をおかけしたみなさまに償うため、北条の埋蔵金を掘りあてるのですよ」

「どこまでも白を切るのかい。なら、言ってやるがな、秩父講で働いていた坑夫たち、江戸に戻ってこないってのはどういうことだ。そもそも、金なんか掘っていないんだろう。掘っているように見せかけるため、口入れ屋で坑夫を雇い入れ、秩父に送ったんだ。で、雇った奴らをどうしたんだ。口封じのために殺したんじゃないか。公儀から請山の認可がおりているんだから、役人も立ち入れねえ。それをいいことに、命を奪って亡骸を山の中に埋めちまったんじゃないのかい」

豆蔵の推論に、

「ひどい」

松子は両耳を手で塞いだ。

「どうなんだい」

「いくらなんでも殺しやしませんよ。適当に金を掘らしていました。で、金を掘りあてられない駄目な奴ってことで、首にしたんです。もちろん、ちょいと多めの駄賃をやりましたよ」

「だがな、江戸じゃあ、戻ってこないし便りもないって、心配する者もいるんだぜ」

「江戸の町人で素性たしかな連中は、金の発掘ではなく北条の埋蔵金探しをさせています。首にしたのは無宿人たちですよ」

狡猾さを誇るように、金兵衛は告げた。

無宿人は、江戸の人別帳に載っていない者たちだ。食いつめて江戸に出てきた者や、罪を犯して籍を外された者たちである。彼らは町人とみなされず、正業に就くのはままならない。

幕府は、無宿人を佐渡金山に送っている。秩父講は金山発掘を偽るために、佐渡よりも給金が良い、と口入れ屋を通して、見せかけの坑夫募集をしていたのである。

ここにきて我慢ならないとばかりに、松子が大声を発した。

「どうせ、埋蔵金だって嘘じゃない。早く江戸に返してあげなさいよ」

豆蔵も、「そうだ」と拳を握りしめた。

「ですからね、埋蔵金は嘘じゃないんですよ。だから、こうして恥を忍んで、罪を棚あげにしてまで、徳田さまに助けを求めにやってきたんじゃありませんか。

山の神には、恐ろしい守護者がいるんです。埋蔵金があると伝わる山を守っているんです。徳田さま、どうかお助けください。埋蔵金を見つけだしたら、騙し取ったお金は残らずお返しします」

金兵衛は訴えた。

松子同様に、豆蔵も口をはさんだ。

「こんな奴、信用しちゃいけませんぜ。なにが山の神だ」

金兵衛は豆蔵を向き、

「たしかにわたしは、信用ならない詐欺師ですよ。でもね、騙し取られた金を戻すって言っているんです。金を返せば、公儀もお目こぼしをしてくださるでしょう。死罪はまぬがれるってもんだ。わたしも石堂先生も、島流しで済めばいいって思っています。命あってのものだねですし、流された島で鉱山を掘りあてるかもしれませんからね」

どこまでも厚かましい男だ。豆蔵は、苦虫(にがむし)を嚙んだような顔で黙りこんだ。

金兵衛は、埋蔵金発掘を助けてくださる気になったら、神田三河町の会所に連絡してください、と言い置いて帰っていった。

金兵衛がいなくなってから、豆蔵はつぶやく。

「すぐにもお縄にしてやりてえが、御奉行所は、騙し取られた金の返金を優先させるってことと、日照院さまの遺領の整理に石堂と金兵衛の協力が必要だとかで、監視のみにしているんですが……」

さきほどから口を閉ざした京四郎を、松子は危ぶみ、

「京四郎さま、金兵衛の誘いに乗るんじゃないでしょうね」

と、豆蔵と顔を見あわせる。

「山の神に守護者か……おもしろそうじゃないか」

京四郎はにんまりと笑った。

三

三日後、事態は急展開を見せた。

秩父で北条の埋蔵金発掘にあたっていたという五人の坑夫が、江戸に逃げてきたのだ。

彼らは家族に会ったあと、茅場町（かやばちょう）の大番屋（おおばんや）で取り調べを受けることになった。

京四郎は豆蔵の手引きで、坑夫から直接話を聞けることとなった。

男たちは疲労の色が濃く、骨と皮ばかり。目が充血し、異様な輝(かがや)きを放っている。威厳を示そうというのか、豆蔵は居丈高(いたけだか)に語りかけた。

「天下無敵の素浪人、徳田京四郎さまのお出ましだ。お聞きになることに正直に答えるんだぞ。嘘を吐いたり、隠し立てをするのはおまえらの為にならねえからな」

　腰の十手を抜いて、坑夫たちに突きつけた。まるで罪人扱いである。

「豆公、そういきなり立つな」

　京四郎は豆蔵を制し、座を外すように言いつけた。

　不満顔の豆蔵が場を去ってから、京四郎は懐中から竹の皮に包んだ饅頭(まんじゅう)を取りだした。

「さあ、遠慮はいらねえよ」

　勧めたが、みな警戒して手を出そうとしない。

「どうした。もちろん、毒などは入っていないぞ」

　京四郎はみずから饅頭を取って、食べてみせた。

　若い男の喉仏(のどぼとけ)が動くのが見えた。京四郎は笑みをこぼしながら、

「置いておくから、食べたいときに食べな。ところでおれはな、天下の素浪人、

徳田京四郎だ」

　あらためて五人に向き直った。

　五人は警戒の色を隠そうとはしない。

　若い男の目は見開かれたが、他の四人は淀(よど)んだ目をしたままだ。

「山の神ってなんだ」

　突然、京四郎が山の神を話題に持ちだすと、

「知りません！」

　年配の男が大きな声を出した。

「なにも、あんたらを罰しようというんじゃない。埋蔵金について、見聞きしてきたことを教えてほしいだけだ」

　穏やかな口調で、京四郎は語りかける。

「本当に知りませんだ」

　男は繰り返したが、それでも京四郎は問い続ける。

「なんでも、山の神に仕える守護者とやらがいるそうだな。正直に話してくれれば、褒美が出るぜ」

「本当に知らねえだ」

男は否認し、ほかの中年の男が、

「わしら、褒美なんぞ、もらおうと思ってねえですよ。あの山のことは思いだしたくないんです」

「だが、身内もいるだろう。身内はあんたらが無事に帰るのを、首を長くして待っていたんじゃないか。金山の坑夫なんてのは、つらい仕事だ。いくら賃金がよくたって、事故に遭ったら元も子もない。身内にしてみれば、あんたらが生きて帰ってくるか、さぞや、気を揉んでいただろうさ。いまのままじゃ、思いだしたくなくっても悪い夢を見続けるだろうぜ。忘れ去るためには、洗いざらいぶちまけることだな」

諭すように京四郎が語りかけると、みな口を閉ざし、重い空気が漂った。

すると若い男が進み出て、

「与助という子どもが、埋蔵金の場所を知ってるかもしれません」

「与助……与助は秩父講がある村にいるんだな」

「白川の里に住んでますだ。身内はおりませんで、山の中でひとり、暮らしております」

「白川の里というのが、秩父講のある村の名前なんだな。そういえば、帰雲金は帰雲城の埋蔵金だ。帰雲城は飛驒の白川郷にあったそうだ。白川の里は、白川郷に由来するのか」

京四郎の問いかけには、誰も答えられない。実際、彼らは村の名の由来は知らないのだろう。石堂と金兵衛なら、帰雲城にかこつけた、もっともらしい村名を付けたとしてもおかしくはない。

京四郎は問いかけを、与助のことに絞った。

「いかにして、与助とはつなぎをつけるのだ」

「運でござぃます」

若い男が答えた。

「運任せかい」

京四郎が鼻白むと、

「運任せですが、空の雲を頼るとええのです。雲の流れが逆さまになり帰っていくとき、与助は山の神さまがお呼びだと、山奥へ向かいますだ」

「戦国の世、飛驒にあった帰雲城の謂われは、雲が帰雲山にあたると帰ったという言い伝えだと聞いたが、秩父の白川の里の帰雲も伝説じゃないのかい……ま、それはいいとして、秩父あたりでも、本当に雲が帰ることがあるのか、あるいは帰るように見えるときがあるのか……で、それはいつごろなんだ」

「秋の初めから冬のはじまりが多いとか。毎年、帰り雲が出るとはかぎりませんが、白川の里で空を見あげていたらどうですか」

若い男は答えた。

「山の神のもとへとつながる道……帰雲に導かれた童の案内で、探りだしてみるとするか」

白川の里の空を見るかのように、京四郎は遠くを見る目をした。

そのとき、京四郎は気づかなかったが、五人はほくそ笑んでいた。欲に駆られた者たちよ滅びろ、と若い男はつぶやいた。

四

長月二十日、徳川京四郎と、石堂奇嶽に率いられた侍たちは、秩父講のある白川の里にたどり着いた。板橋宿から川越街道を進み、川越宿からは間道を歩く、江戸から四日ほどの旅だった。

周囲は山とあって、秋の深まりが江戸よりも感じられる。

雪に閉ざされる前に埋蔵金を発掘せねばと、みな意気込んでいる。

そろって陣笠を被り、火事羽織に野袴、打飼を背負っていた。

京四郎も奥深い山に乗りこむとあって、華麗な片身替わりの着物ではなく、他の者と同じ地味な装いだ。

ただ、腰には妖刀村正を差している。

松子もついてくると言いだすかと思ったが、夢殿屋を放ってはおけない、と江戸に残った。本音は、山の神や守護者が怖いようだ。

侍は秩父講が雇った浪人たちで、菊池、宗川、渡辺、左右田と名乗った。

総勢六人とは、埋蔵金を発掘するには心もとないと石堂は心配したが、まずは所在地を見つけてから、あらためて発掘と運搬の人数をそろえるという京四郎の意見を受け入れた。

木々が色づくには早いが、色なき風に揺れる桔梗に山里の秋を感じつつ、一行は川に沿って連なる山に立ち入ろうとした。

しかし、山の神が棲むという場所への道はわからない。

石堂が知らない、というのは、いかにも詐欺師めいている。坑夫たちに埋蔵金を掘らせておいて、自分は現場に赴いていないのだ。旅の途中、そのことを京四郎がなじると、江戸で設けた会所の運営が忙しい、という言いわけをした。

やはり、茅場町の大番屋で聞いた、与助という少年が現れるのを待つしかない。となると、雲が山にあたって帰るのを目撃しなければならない。

京四郎は空を見あげ続けた。石堂たちも同様だ。

空は、分厚い雲に覆われている。四半時ほど見あげていると風が強くなり、雲が切れた。一瞬だが、山影を覆っていた雲が、帰っていくような動きをしたと、京四郎の目には映った。石堂も手庇を作って、山の上を見ていた。

やがて、雲間から薄日が差したかと思うと、突如として童がひとり、一行の前に現れた。膝までしか丈がない粗末な小袖に身を包み、裸足に草鞋を履き、身体とは不釣りあいに大きな鎌を手に、石堂たちを睨み据えていた。

薄汚れた顔面にあって、澄んだ瞳の美しさが、少年らしい無邪気さを感じさせてもいた。

「与助か」

京四郎が尋ねると、

「そうだ」

与助は無表情で答えた。

「与助が、山の神のもとまで案内してくれるんだな」

京四郎は、与助の頭を撫でた。与助はにこりともせずに、山に入っていった。

大きな鎌が秋光を弾いた。

しばらくは熊笹に覆われた山道を、与助を先頭に進む。ゆるやかな勾配が続き、梢の間からのぞく空はどんよりと曇り、山の稜線が屛風のように連なっている。

やがて、森の中へと踏み入った。

杉や檜が鬱蒼と枝を張り、身の丈ほどの笹藪が道なき道に続く。

枯葉が、一行の顔に貼りつく。下ばえが足首に絡みつき、地べたを這うように伸びる木の根に、けつまずく者もいた。同行の侍たちは、口々に不満を漏らす。

石堂と京四郎は与助とともに先頭を歩き、与助は鎌を振るって熊笹を払った。

行けども行けども続く山道に、侍たちはそろそろ音をあげてきた。

「ほらほら、もう降参か」

京四郎が、侍たちにからかいの言葉を投げかけると、

「冬眠前の蝮がおる。用心しねえといかんぞ」

与助も言い添えた。

草むらにうずくまろうとした侍たちが、弾かれたように立ちあがる。倒木の上を、蝮ではないが山棟蛇(やまかがし)の斑模様(まだらもよう)がうねった。

黙々と森を進む。山風は冷たいが、みな汗ばんできた。背負った打飼が、首筋に食いこんでくる。

「まだか」

肩で息をしながら、侍のひとりが与助に問いかけた。

「まだだ」

与助は鎌を持った手を左右に振る。

「もう、半分も来たか」

期待をこめて問い返す侍に、

「まだまだだぞ」

与助の無情な答えに、侍たちはため息を吐いたが、

「そう易々(やすやす)と見つかるようでは、山の神らしくないぞ」

石堂は咎めるように、侍たちを見返した。侍たちはむっつりと黙りこみ、山歩きを続けた。丈なす笹を掻き分け、言葉を発する気力もないままに、半時ほども変わらぬ景色を進んだところで、瀬音(せおと)が聞こえてきた。

「ひと休みといくか」

　判断を求めるように、石堂が与助に声をかける。みなの視線を集めた与助が、首を縦に振った。侍たちから、安堵のため息が漏れる。

　与助を先頭に笹藪をくだると、渓流に至った。流れる水は速く、岩にぶつかって飛沫(しぶき)をあげている。

　侍たちは先を争うように沢に急ぎ、渇(かわ)きを癒しはじめた。

　石堂は与助とともに、適当な岩に腰をおろし、

「あとどれくらいだ」

　と、静かに問いかけた。

「もう少し歩くと、くだりになって乗越(のっこし)に出る。そこに、大きな石仏がある。昔、偉いお坊さまが、山の神さまがおるんで立ち入っちゃなんねえと、里のもんに報せるためにお作りになった」

　乗越とは山の鞍部(あんぶ)。そこに建つ石仏とは、いかにもいわくがありそうだ。ここまで厳重だとすれば、山の神の居場所に、北条氏の埋蔵金が隠されている可能性は高いように思われた。

「石仏から山道をたどれば、山の神のもとに到着するのだな」

京四郎の問いかけに、与助はうつむきかげんにうなずいた。

「そっから先は、山の神さまにお仕えする者しか行ったらあかんと言われとる」

「いまさら引き返せというのか」

「引き返したほうが身のためや」

「あいにく、おれはへそ曲がりでな。そんなことを聞くと、ますます行きたくなった。あの者たちとて、帰る気は起こさんだろう」

京四郎は笑った。強がりではない。実際に好奇心が疼いてしかたがないのだ。渇きを癒した侍たちは疲労に包まれ、岩場でぐったりとなっている。石堂が、しっかりしろと叱咤して歩きまわっていた。

「乗越まで、どれくらいで行ける」

「おらなら半時ほどで行けるけど」

与助は、侍たちに視線をやった。

あいつらの尻を叩いてでも、日があるうちに石仏まで着きたいところだ。

「石仏から山の神の居場所までは、半日もあれば行けるか」

「運がよけりゃな」

無表情で与助は答えた。

京四郎は立ちあがり渓流の水を飲むと、石堂たちに出発を告げた。

「さあ、石仏まではくだりでもう少しだ」

石堂に督励（とくれい）され、侍たちは重い腰をあげた。


くだりといっても、のぼりとくだりを繰り返す、うねうねとした山道とあって、たちまち侍たちの間から不満の声があがる。

石堂は京四郎とともに、侍たちを無視して歩き続けるが、足取りは重い。歩みを止めては動くことができなくなると、己（おのれ）を励ました。

遠くで、山鳩（やまばと）の鳴く声が聞こえる。

衝立（ついたて）のように連なった山々が、ぼんやりと夕闇に霞（かす）んだころ、ようやく山をくだり終えた。

眼前に、身の丈、十尺はあろうかという巨大な石仏の像が立っている。

石仏の背後には、黒々とした樹木に覆われた山がそびえていた。まるで、丸餅（まるもち）のような形だ。荒ぶる山の神の城があるとは思えないたおやかさで、石堂は両手を合わせた。

「今夜はここで野宿し、明日の払暁（ふつぎょう）に発つ」

石堂が言うと、京四郎たちは無言で、神の棲む山を見あげ続けた。

その晩、不意に京四郎は目覚めた。

身体を起こすと、星空が広がっている。梟の鳴き声が静寂を際立たせる山間の夜だが、なぜか胸騒ぎがする。

平らな山道に、火事羽織をかけて横たわる石堂を見る。石堂も、もぞもぞと身体を動かしたと思うと、むっくりと半身を起こした。次いで、配下の侍たちを見まわし、ふたりがいないと言った。

菊池と宗川だそうだ。

「用を足しておるのかもしれんな」

石堂は眠気眼をこすりながら、あくび混じりに答えた。京四郎は石堂の言葉を受け入れ、しばらく待つが、ふたりは帰ってこない。

石堂も危機感を抱いたようだ。眠りこけている渡辺と左右田を起こし、菊池と宗川がいなくなったことを告げる。すると、騒ぎを聞きつけた与助も起きた。

石堂から、ふたりがいなくなったことを教えられた与助は、

「山をのぼったのかもしれんぞ」

その顔には、無謀なことをしたもんだと書いてある。

「与助、案内してくれ！」

京四郎が強い口調で頼む。

菊池と宗川が、山に入ったのかどうかはわからない。恐怖に駆られて引き返したとも考えられる。それでも、山をのぼってみるべきだと感じた。

幸い、星が瞬き、与助に先導されれば、山道を進んでも迷いはしまい。

石堂も賛同し、一行は山に分け入った。


しばらくなだらかな勾配が続き、橅や櫟が生い茂る森へと入った。夜風に木々の枝がしなり、闇に夜目が慣れても不気味だ。樹間から差しこむ月光が、周囲をほの白く、そして妖しく浮かびあがらせていた。

と、

「うわあ！」

やおら、石堂、渡辺と左右田の悲鳴が、静寂を切り裂いた。

石堂が指さす一角に、化け物が立っている……。

いや、そんなはずはないと、京四郎は目を凝らした。

果たして、巨人が両手を広げたような木であった。石堂は悲鳴をあげたことを恥じ入るように舌打ちをし、咳払いをした。

するとと、京四郎の首筋が赤く染まった。

京四郎もそのことに気づき、首筋に指をやり、そっと拭きとった。

石堂が、京四郎の頭上を見た。

同時に渡辺と左右田も、いっせいに顔をあげた。

「おお」

「な、なんだ」

渡辺と左右田が、激しく動揺した。

夜空に屹立する巨木、両手を伸ばしたような枝の上に、菊池と宗川の生首がぶらさがっている。元結が切られ、ざんばらとなった髪で枝に縛られていた。

みな言葉を失って立ち尽くしていると、山風が強まり、ふたつの生首が左右に揺れた。物言わぬ菊池と宗川が、悲惨な最期を嘆き悲しんでいるようだ。

京四郎が両手を合わせ、読経を唱えた。ふたりの冥福を祈る。

「驚いたな」

石堂は、ため息を吐いた。

読経を終えた京四郎が、怒りを滲（にじ）ませて言った。

「何者の仕業だ」

「山の神のお怒りに触れたのではないか」

石堂の答えに、

「そんなはずはない。首を見ろ。刃物で斬り落とされているぞ。山の神が刃物を使うものか」

京四郎は吐き捨てた。

「わからんぞ。山の神は案外、我らと変わらぬ形をしておられるかもしれぬ。あるいは人の形になって、菊池と宗川の前にお姿を見せたのかもな。ま、下手人探しより、まずはふたりの身体を探そう」

石堂は周辺に視線を這わせた。

与助も協力してくれ、ほどなくして、繁みのなかにふたりの胴体が見つかった。やはり、首は鋭利な刃物ですっぱり切り取られていることがわかった。身体にほかに傷はない。

「いきなり刀で首を落とすことはあるまい。鎌で切られたのかもな」

石堂の見立てに、京四郎はうなずく。渡辺と左右田は、森の奥を見通すように眉間に皺を刻んだ。

「何者の仕業だろうな」

誰にともなく京四郎が言うと、

「山の神さまにお仕えする者たちの仕業に違いねえ。これ以上、近づくなということや」

与助が答えた。

「山の神に仕える者ねえ……」

疑わしそうに京四郎は顎を掻き、渡辺と左右田にどう思うと聞いたが、山の不気味さと無残な亡骸を見たせいか、返事は返ってこない。

「なるほど、山の神は立ち入りを拒んでおられるわけだ」

淡々と石堂は言った。

「引き返すんなら、いまだぞ」

ふたたび、与助が京四郎に忠告した。

「帰らぬ」

京四郎は即答したが、残った渡辺と左右田からは、若干の躊躇うような雰囲気が感じられた。

正直なところ京四郎にとって、埋蔵金などよりよほど山の神のほうが魅力的に思える。山を守るために近づく者の命を奪っている、という噂を確かめたい。

山の神の使いとやらは、あらゆるところにひそみ、金鉱を狙う者たちを殺そうと待ちかまえているのだろうか。

とすれば、死地に足を踏み入れるようなものだが、京四郎に恐怖はない。好奇心が、恐怖心を凌駕している。

それにしても、菊池と宗川は、どうして山に入ったのだろう。抜け駆けを狙ったのか。とすれば自業自得というものだが、どうも腑に落ちない。

「ものは考えようだ。これで、山の神に近づいたと考えればよい」

石堂は豪快に笑い飛ばした。

「おら、どうなっても知～らね」

与助も無邪気に笑った。

強気の姿勢を崩さない石堂とは対照的に、残りの侍たちは肩を落としていた。

「本当に帰らなくていいの」

与助に確認され、

「進むのみだ」

答えた石堂の声は上(うわ)ずっており、虚勢(きょせい)を張っているようにしか思えなかった。

「さて、ひと眠りするか、それともこのまま進むか……」

石堂は、京四郎に判断をゆだねた。

「行こう」

京四郎が決断すると、

覚悟を決めたように渡辺が応じ、

「そうだ、行くべし」

「いまさら眠れぬ」

左右田も渋々賛成した。

「おら、知～らね」

悪戯(いたずら)っぽく笑って繰り返すと、与助は空を見あげた。

紫紺(しこん)の空が白んできた。

五

与助の案内で、一行はあらためて山の神を目指した。

いつ途切れるとも知れぬ鬱蒼とした樹間を進むと、みなの顔には不安ばかりが交錯し、口数が少なくなる。

侍たちは、恐怖に寝不足による疲労の色が加わっている。それでも文句を言わないのは、もはや言葉を発する気力も起きないからのようだ。

四半時も歩くと、空は乳白色に染まった。あちらこちらから鳥の囀りが聞こえてくる。

「ここを抜けると峠道になる。峠を越えれば、山の神さまのところまではすぐや。峠はのぼりが続く、いまのうちに休むのがええ」

与助の提案を、

「そうするか」

石堂は受け入れ、京四郎たちに休憩しようと持ちかけた。

ところが、峠道が気になるのか、渡辺と左右田のふたりは、先に森の中へと入っていった。

しばらし時が過ぎ、森から大きな音が聞こえた。なにやら獣が咆哮しているようだ。石堂は身構え、森の中に向けて声をかける。

「おい」

返事はない。

「おい！」

もう一度、声を高めて呼ばわった。

それでも返事はなく、石堂は与助を見やった。

「神さまがお怒りになっとるよ」

当然のように、与助は答える。

さすがに焦れて、京四郎が森の中に入ろうとしたそのとき、

「大変だ」

渡辺が血相を変えて走ってきた。全身が血に染まっている。

「いかがした」

石堂も声を上ずらせた。

「化け物だ。化け物が、左右田を……」

渡辺は恐怖に身をすくませた。

「どんな化け物だ」

「全身が毛に覆われていた。身の丈が大きくて、動きがすばやい。木と木の間を飛び、鋭い爪を持っている。翼を持った熊のようだ」

渡辺の話を引き取り、

「鷲熊だ」

与助が言った。

「それはなんだ。山の神に仕える化け物なのか」

京四郎の問いかけに、

「そうだ。熊と鷲がひとつになった、恐ろしい獣だ」

大真面目に、与助は答えた。

すると、石堂が思いだしたように身をすくませた。

「わしも鉱山を探し歩いておって、樵どもから聞いたことがある。杉の木の伐採が遅々として進まぬことを咎めると、樵どもは鷲熊が出るから山には入れないと申しおった。そのときは怠けるための嘘だと思ったが、目のあたりにしてみると、恐ろしさがわかった」

「それは怖そうだな」

言いながらも、やはり京四郎のなかでは、恐怖心よりも好奇心が勝っていた。

本当にそんな化け物が棲息しているのなら、この目で確かめたい。

どうせ、恐怖に駆られた渡辺の見間違いか、埋蔵金の守護者たちが、なんらかの仕掛けを施したのだろう。

「おぬし、楽しそうだな」

　石堂に咎められ、

「ああ、愉快だね。こんなめずらしい体験なんざ、そうそうめぐってこないからな」

　京四郎は両手をこすりあわせ、

「さあ、渡辺さん、鵺熊の居所まで案内してくれるかい」

「やめておけ」

　石堂が拒絶するように右手を振った。

「おや、石堂さんは、お仲間を鵺熊とやらの化け物に食われて、すっかり怖気づいたのかい」

　武士としての誇りを傷つけられたと思ったか、京四郎の物言いに、石堂も引くことができず、

「わかった、渡辺、案内せい。だがな、我らが鵺熊に食われてしまっては元も子もないのだからな」

「行くしかあるまい。いまさら引き返しては、死んだ者たちが浮かばれん」

京四郎は石堂を睨んだ。顔はどす黒く膨(ふく)れ、目は血走っている。

おそらく、無残にも命を落とした部下への憐(あわれ)みよりも、埋蔵金の欲に心は染まっているのだろう。

石堂は少し考える風に立ち止まり、与助を見やった。

「与助、鷲熊の弱みを知らぬか」

「弱み……」

「弱みでなければ、嫌がるものでもよい。獣にはな、生まれ持って苦手というものがある。苦手なものを避けながら生きているものだ」

「弱みかどうかわからねえけど、鷲熊は夜にしか出ねえそうだ」

「ということは、日輪が苦手ということだな」

得心したように、石堂はうなずいた。

「まもなく、夜明けだ。明るくなってから森の中に踏みこめば、鷲熊に襲われることはない」

京四郎の言葉に、渡辺も力なく首を縦に振った。

朝日が降りそそぎ、与助を先頭に、一行は森の中へ入っていった。

枝を払い進むうちに、次第に渡辺の顔が引きつってくる。

左右田が鷲熊に襲われた場所が近いことを告げていた。

すると、

「あれだ」

渡辺が樹々の間を指差したものの、顔はそむけている。

「これはひどいな」

石堂が言ったように、左右田の亡骸からは腸が飛びだし、首が千切れ、足と腕がなかった。

「鷲熊、恐るべしだ」

そう言いつつも石堂が余裕を見せているのは、燦燦と降りそそぐ日の光ゆえだろう。草の香に血の臭いが混じりあい、秋の日に照らされた亡骸に、みなは両手を合わせた。ひとしきり冥福を祈ってから、

「さあ、行くべ」

与助が言った。

与助に先導されて、峠道に出た。侍たちがひとりの少年に従うさまは、見ようによっては滑稽であるが、みな真剣な顔つきとなっている。

思ったよりも勾配がきつくはなく、天候に恵まれたこともあって、ずいぶんと歩きやすくなった。遠く連なる峰々の頂きに降り積もる白雪が目に眩しく映り、ときおりの烈風に身をかがませるも、迷う心配はない。視界が広がり、山の神の怒りに触れることもないだろう。

峠の頂きに着くと、くだりは九十九折りとなっていた。岩肌がむきだしとなり、一方は濃い樹木に覆われている。

「峠を越えれば楽だな」

京四郎は、つい軽口を叩いた。他の者たちの表情もやわらいでいる。

と、やがて道祖神が見えてきた。

与助がその前にひざまずき、両手を合わせる。京四郎と石堂、渡辺も倣って道祖神を拝んだ。

道祖神を真ん中に、道はふたつに分かれていた。左はのぼり、右はくだりである。与助は立ちあがると、くだりの道を進んだ。石堂が、くだりで助かった、と言ったが、

「戻りはのぼりだぞ」

京四郎が水を差すと、不快そうにふんと鼻を鳴らした。

与助につき、くだりの道を進む。

やがて、凄まじい水の音が聞こえてきた。

身の丈ほどに生い茂る笹を掻き分け、

「神さまの滝だ」

与助が告げた。

満々と水をたたえる瀑布は激しい水飛沫があがり、滝壺には虹がかかっている。

すると、滝のなかに人影が見えた。白布の単衣を身に付けた巫女たちだ。

「滝行か」

京四郎が問うと、

「山の神さまに貢ぎ物を差しだすだに、身を清めねばなんねえよ」

明快な口調で与助は言うや、みずからも着物を脱ぎ捨て、下帯ひとつの裸体となった。

「わかった。我らも身を清めよう」

京四郎も着物を脱いだ。渡辺は続いたが、石堂は躊躇っている。

「さあ、あんたも」

強く勧めたが、

「わしはいい」

石堂は拒んだ。

「そういうわけにはいかんさ。郷に入れば郷に従え。ましてや、山の神のもとに向かうのだ。あんたが身を清めないばかりに、神の怒りを被ってはかなわん」

京四郎は、石堂を強い眼差しで見た。石堂は舌打ちをして、

「わかった」

と、着物を乱暴に脱ぎ捨てた。石堂の背中には、大きな刀傷があった。これを見られたくはなかったのだろう、と京四郎は思った。

「さあ、滝に打たれるだ」

与助は滝壺へと向かった。京四郎たちも続く。滝壺の水に足を浸した途端に、脳天にまで冷気が奔った。

「こりゃ、冷たいなあ」

陽気に京四郎は笑顔を弾けさせたが、石堂と渡辺はしかめっ面のまま滝壺を進む。

与助は祝詞のような呪文をとなえ、しばらく滝に打たれた。石堂と京四郎は無言である。ただただ、水の勢いと寒気を耐え忍んだ。

やがて、与助の声がやみ、滝行は終わった。

与助は滝壺を出て、着物を身に付けた。

京四郎たちも、急いで着物を着る。全身、鳥肌が立っていたが、ぽかぽかとしてもきた。

空は青く澄みわたり、鰯雲（いわしぐも）が流れている。


やがて、岩場に鳥居（とりい）が見えた。鳥居といっても、二本の木に注連縄（しめなわ）が張ってあるだけの粗末なものだ。鳥居の向こうには本殿（ほんでん）や拝殿（はいでん）もなく、巨石がふたつ並んでいるだけだ。どうやら、巨石は磐座（いわくら）ということだろう。磐座の背後には、ぽかりとくり抜かれた穴があった。

あの穴が山の神の居場所ということか。とすれば、中に北条の埋蔵金が隠されているのかもしれない。穴の中にひとけはなく、真っ暗闇が広がるばかりだ。

山にかかっていた鰯雲が、ゆっくりと彼方に流れてゆく。

「あれか」

京四郎は石堂たちを待たず、駆けだした。

洞窟の入り口に達したところで振り返ってみると、周囲の森の中からわらわらと人があふれ出てきたのがわかった。

その数、およそ数十人……そのなかには、金兵衛もいた。

金兵衛をのぞいた者たちは、みな黒の小袖に裁着け袴で、なかなかに腕も立ちそうである。

金兵衛が石堂に近づく。

「そうだ、ここだ。間違いない。とうとう見つけたぞ」

石堂は、興奮に全身を震わせながら叫んだ。

その間に、黒装束の者たちが、京四郎をぐるりと囲んだ。

「とうとう正体を現したな。おれたちを、はるか後ろからつけてきたというわけか。山の神の居場所……つまりは埋蔵金のありかさえわかってしまえば、もはやおれは用済みってことだな。おまえら、最初からそう企んでいたのだろう」

京四郎は妖刀村正を抜き、大上段に構えた。

こうしてみると、京四郎こそが山神のようだった。

石堂は一歩前に出ると、

「徳田京四郎、おとなしく死ね！」

と、京四郎を睨んだ。

「まだ死にたくはないな」

京四郎は冷めた声で答える。

「怖気づいたか」

石堂が嘲笑したところで、

「ずいぶんと手のこんだ芝居を打ったものだな。帰雲金、秩父講に続いて、北条の埋蔵金とはな。詐欺もここまでくると立派な商いだ……あ、いや、立派じゃないがな。それにしても、なぜ、おれを誘いだした」

京四郎は問いかけた。

石堂は余裕の笑みを見せて、

「目ぼしい場所をいろいろと掘らせていたが、まったく埋蔵金は見つからなかった。だが、かならず存在するはず。残るは、守護者に守られた山の神の場所だが、我らだけではたどり着けそうもない。何人か坑夫を送ってみたが、みな殺されるか逃げるかして、いっこうに詳細がわからなかったのだ。なので、貴殿の腕を頼った。だが、ここまで埋蔵金の場所が知れれば、もはや貴殿は邪魔なだけだ。騙しの返金などせず、このまま埋蔵金を掘りあて、遠国に逃げるだけよ」

もう勝ったとばかりに、石堂は大きな笑い声をあげた。

ふと我に返り、

「この男を殺せ。変な餓鬼も一緒にだ」

と、配下の連中に命じる。

そういえばと気になり、京四郎は与助を探したが、いつの間にか姿を消している。子どもをかばって戦う必要もなくなり、ひとまずは安堵した。

「一、二、三……」

声を出して、のんびりと京四郎は敵の人数を数え、

「たったの二十八人か、舐められたもんだな……石堂、金兵衛、あんたら後悔するぜ」

不満そうに吐き捨てると、後ずさりし、振り向きざまに駆け抜けて、目の前の敵の肩を斬りさげた。血飛沫をあげて敵が倒れる。

背後の敵を斬り倒すという予想外の動きに、敵たちは浮足立った。

京四郎は、相手が態勢を整える余裕を与えず、村正を左右に振る。

あっという間に、三人が地べたに倒れ伏した。

鬼神のごとき京四郎の剣戟に、気圧されるように敵たちが後じさる。

「逃げるか」

京四郎が怒鳴ると、敵はちりぢりに逃げていった。

「口ほどにもないな」

ふん、と鼻を鳴らした京四郎は、じりじりと近づき、石堂と対峙(たいじ)した。

石堂は大刀を下段に構え、脛掃(すねばら)いを仕掛けようとしている。

石堂の攻撃を迎え撃つことなく、京四郎は横に走った。

逃すものかと、石堂は伴走する。

岩場のため、京四郎の走りは鈍(にぶ)る。一方、石堂は手慣れたもので、却(かえ)って生き生きとしていた。山々を調べ歩く山師というのは、本当だったようだ。

たちどころに間合いを詰められ、石堂の脛掃いが襲ってきた。

かろうじて刃を避けたが、野袴の脛の部分が寸断され、血が流れた。

石堂はにやりとした。目が糸のようになり、悪鬼の形相となる。

勝利を確信したようだ。

大刀を下段に構え直すと、石堂はすり足で迫ってくる。

石堂が放つ脛掃いの残像が、京四郎の脳裏に浮かびあがる。

迫りくる脛掃いの太刀筋は、残像とわずかにずれている。ずれは、石堂の気負いであろう。

咄嗟に、京四郎は仰向けに倒れた。

受け身を取り、後頭部を守ったが、背中が岩に衝突し、激痛が走る。

「足がもつれるとは鍛錬（たんれん）不足だな」

石堂は嬉々（きき）として京四郎を見おろすと、大刀を逆手（さかて）に持って串刺しにしようとした。

「馬鹿めが！」

京四郎が怒声を浴びせると、石堂の目がつりあがり、一瞬動きが止まった。

すかさず、京四郎は仰向けのまま半身を起こし、同時に突きを繰りだした。

切っ先が石堂の咽喉（のど）を貫（つらぬ）き、口からどす黒い血があふれ出る。

京四郎は完全に起きあがると、石堂の首から大刀を抜き取った。石堂は驚愕の表情を浮かべ、どうと岩場に倒れた。

と、穴の暗闇から、爆音が聞こえた。まるで火山が噴火したようだ。

穴の中で、火薬が爆発したようだ。

京四郎は岩場に伏せた。

鳥居が揺れた。

そればかりではない。地鳴りがし、磐座も動きだした。

「山神の怒りか……いや、あいつのせいだな」

京四郎は冷笑を放った。

そういえば、いつの間にか金兵衛の姿が見えない。戦いの場でも見かけなかった。ひと足先に洞窟に入りこみ、埋蔵金を独り占めにしようとでも思ったのだろうか。

ここだという場所が見つかり、埋蔵金を掘りあてようと、火薬を使っているのだろう。

振動は激しくなり、ついには磐座が転がり、鳥居が倒れた。土煙が舞い、やがて金兵衛が洞窟から走り出てきた。

——おや、なにも持ってないということは、はずれだったのか。

京四郎が疑問に思っていると、あとから黒覆面の集団が現れ、金兵衛を追いかけている。

どうやら金兵衛は、別の黒覆面の集団に狙われたらしい。

恐怖で顔を引きつらせ、とうとう金兵衛は転倒した。

そこに黒覆面たちが殺到し、数人が金兵衛を刺し殺した。

金兵衛を仕留めてから、彼らは京四郎のもとへ迫ってきた。

「あんたら、埋蔵金の守護者だな。おれは、石堂や金兵衛の仲間じゃないぞ」

京四郎は言ったが、黒覆面からのぞく目は、そろって敵意と殺意に彩（いろど）られている。問答無用のようだ。

「ままよ、山の神の守護を通じて、血に飢えた獣と化したようだな」

京四郎は冷笑を浮かべた。ときおり見せる空虚（くうきょ）で乾（かわ）いた笑みだ。

「冥途の、いや、山の神のもとへまいる土産にお目にかけよう。秘剣雷落とし」

静かに告げると、京四郎は妖刀村正を下段に構え、ゆっくりと切っ先を大上段に向かってすりあげてゆく。

俄（にわ）かに雷鳴が轟（とどろ）き、雨が降りだした。あっという間に暴風となり、山の木々を激しく揺らす。

黒覆面たちはあきらかに動揺して、雨空を見あげる。

山の天気は変わりやすいとはいえ、ここまでの激変に戸惑（とまど）いを隠せないようだ。さらに彼らは、驚愕の目をした。

京四郎の身形（みなり）が変わっているのだ。地味な装いから、片身替わりの華麗な着物姿となっている。

左半身は白地に真っ赤な牡丹が描かれ、右半身は若草色地に龍と虎が金糸で縫い取られている。

そのうえ、京四郎は一滴の雨粒にも、一陣の風にもさらされていない。

激しい雨風のなか、村正の刀身が妖艶(ようえん)な光を発しながら大上段で止まった。

妖光に、片身替わりの小袖が際立つ。

牡丹は咲き誇り、龍と虎は咆哮(ほうこう)する。さらに、龍は天を駆けのぼり、虎は牙をむいて敵に襲いかかった。

黒覆面たちは、悲鳴とともに刀を投げだし、岩場に身を伏せた。

ここで、京四郎は村正を納刀した。

鍔鳴(つばな)りが響いた直後、暴風雨はやみ、紺碧(こんぺき)の空が広がった。

黒覆面たちはおずおずと立ちあがり、お互いの顔を見あわせる。

「おれは、あんたらの山の神もお宝も侵(おか)さぬ。さらばだ」

京四郎は彼らに背中を向け、足早に立ち去った。もとどおりの、地味な小袖に裁着け袴という旅装姿であった。

黒覆面たちは去り行く京四郎に向かって柏手(かしわで)を打ち、両手を合わせて頭をさげた。

雲がゆっくりと帰っていった。

六

数日後、京四郎は夢殿屋に姿を見せた。

「白川の里、大変だったんでしょう」

松子は京四郎を労(ねぎら)いながらも、格好の読売ネタだと興味津々(しんしん)の様子である。京四郎はかいつまんで、白川の里での出来事を話した。

「北条の埋蔵金というのは、まんざら嘘や詐欺じゃなかったんですね」

松子は複雑な顔つきになり、しばらく思案に暮れた。どのような記事にしようかと、試行錯誤しているようだ。

首を傾(かし)げながら、

「与助という童は何者だったんですか。それに、山の神の守護者とか鷲熊の正体は、黒覆面の連中だったんですか……」

次々と浮かぶ疑問に、松子は翻弄(ほんろう)された。

「すべては、北条残党の末裔(まつえい)の仕業だ」

京四郎は言った。

山での騒動のあと、京四郎は白川の里の村長を訪ねた。悪どい連中から、山の神と財宝を守ってくれたと聞いた村長は、京四郎に心を開いてくれ、里の伝説を語ってくれたのだった。

「じゃあ、埋蔵金はあるんですね」

松子は勢いこんだ。

北条残党の末裔は、秩父の白川の里に落ち延び、そこで土着した。まさに、京四郎が踏み入った山の神の居場所に財宝を隠したのだが、

「財宝と言ってもな、金はせいぜい百両だそうだ。ただ、小田原城主で北条家の当主、北条氏政、氏直親子から甲冑を下賜され、それを大事に祀っていたんだ。北条が滅んで百四十年近く、遺臣たちの末裔が、代々にわたって守ってきたというわけだな」

そこで京四郎は、いったん話を止めた。

「じゃあ、石堂奇嶽は、それを埋蔵金だと勘違いしたんですか。欲に目が眩んだあげくの間違いを犯したんですね」

「あいつは、山師として成功したかったんだろう。かならず金銀を掘りあててみせる、鉱脈を見つけだす、といった執念で、さまざまな山を歩きまわった。しか

し、どれも、うまくいかなかった。秩父講は金兵衛と組んだ詐欺には違いないが、案外、本気だったのかもな。つまり、山師としての見立てでも、秩父の山に金が眠っていると信じきっていたのだろう。だが、金は出ない……焦りと絶望を感じていたときに、白川の里の伝説を耳にした。北条の埋蔵金が隠されているとな」

「石堂にしてみたら、失敗続きの山師人生の末、とうとう途方もないお宝にめぐりあった、と思ったんでしょうね……それで、山の神の守護者という黒覆面の連中は、なんだったのですか……それも、北条の遺臣の末裔ですか」

「ああ、そうだ。白川の里に土着した末裔さ。彼らは、先祖が祀った金と甲冑を守るため、北条の遺品に近づこうとする者たちを残忍な手法で葬り、恐れを広めたのさ。鷲熊などという馬鹿げた化け物をでっちあげてまでな」

「そんな化け物、この世にいるはずありませんものね。もちろん京四郎さまは信じていなかったでしょうけど、ガセだっていつ気づいたんですか」

「鷲熊の弱みを聞いたときに、与助は、鷲熊は日輪に弱いと答えた。一方、樵たちが、鷲熊が出るのを理由に杉の伐採を怠けておったと、石堂は話していた。しかしな、杉の伐採は日輪があるうちにおこなうはずだ。生態が一貫しておらぬということは、杉の伐採は日輪があるうちにおこなうはずだ。

「遺臣たちが化け物の仕業だと見せかけるために、手足を切っていたってことですね」

松子は手で襟を寄せ、「おお、恐い」と息を吐いた。

それから、

「与助も遺臣の末裔なのでしょうか」

と、確かめた。

「末裔、つまり白川の里に住む樵の息子だった。樵たちは、生業とともに山の神を守っているという。七つか八つの童に見えたが、十三だそうだ」

京四郎は、与助の顔を脳裏に浮かべた。あのとき姿を消した与助は、金兵衛の企みに気づき、すばやく大人の黒覆面たちに知らせたのだろう。

しばし、松子は思案に暮れてから、

「そういえば、公儀が帰雲金と秩父講の詐欺に遭った人たちを、助けるそうですよ。亡くなった日照院さまの遺産を、お救い金にあてるのだとか」

たまには公儀もいいことしますね、と松子は声を低くして言い添えた。

「ならば、公方さまに文でも書くか。山の神が棲む山を、禁足の地とするよう進言するよ」

埋蔵金、北条の遺宝などという伝説に引き寄せられた欲深い連中は、近づけないのがいい。無用な争い、無駄な血が流れてはならないのだ。

あらためて京四郎は松子に向き、

「白川の里、山の神の一件は読売にするな」

と、釘（くぎ）を刺した。

「そんな……」

松子は残念そうに顔をしかめたが、

「じゃあ、そもそもの埋蔵金伝説のあった、飛騨の白川郷を舞台にすればいいんじゃないかしら。白川郷の帰雲山で、天下無敵の素浪人、徳田京四郎と山の神の守護者、鷲熊が対決する……読売、草双紙、錦絵にもってこいのネタですよ」

商魂（しょうこん）たくましい松子に、

「まったく、松子には敵（かな）わんな」

京四郎は呵々大笑（かかたいしょう）した。つられるように松子も笑う。

ひとしきり笑ってから、

「ああ、そうだ。白川の里の村長から、土産をもらったのだ。冷やしたまま大事に、急いで持ってきたのだぞ」

京四郎は打飼を広げた。

「まあ、松茸」

松子は感激の声をあげた。

松茸は、山里の風景が眼前に広がるかのように香りたった。

肉厚で艶やかな笠、太くて食べでのある軸、高級料理屋でもお目にかかれない立派な松茸だ。

しかも、十本もあった。

「どんな風に召しあがりましょうかね。焼きますか、土瓶蒸し、それとも茶碗蒸し……」

声を弾ませ、松子は問いかけた。

「これだけあるんだ。いろいろと料理をすればいいさ。そうだ、助右衛門と豆公も呼んでやれ。それから、行商人の銀次郎には土産で持たせてやれ」

京四郎が返すと、松子は大きくうなずいた。

一気に秋が深まったような気がした。

埋蔵金などという眉唾と違って、松茸は本物だ。高級食材とはいえ、埋蔵金、金山などとくらべれば、はるかに庶民に身近である。

一本の松茸は、一両の埋蔵金に勝る。地に足が着いた、民の暮らしに受け継がれるものこそが本物の宝だと、京四郎は思った。

コスミック・時代文庫

むてきろうにん　とくがわきょうしろう
無敵浪人 徳川京四郎

五

天下御免の妖刀殺法

2024年7月25日　初版発行

【著 者】
はやみ　しゅん
早見 俊

【発行者】
佐藤広野

【発 行】
株式会社コスミック出版
〒154-0002 東京都世田谷区下馬 6-15-4
代表　TEL.03(5432)7081
営業　TEL.03(5432)7084
FAX.03(5432)7088
編集　TEL.03(5432)7086
FAX.03(5432)7090

【ホームページ】
https://www.cosmicpub.com/

【振替口座】
00110-8-611382

【印刷／製本】
中央精版印刷株式会社

ISBN978-4-7747-6574-7 C0193